A COR QUE NOS SEPARA

DANIEL TONETTO

AVEC EDITORA

Editor: Artur Vecchi
Capa: Luiz Gustavo Souza
Revisão: Camila Villalba
Diagramação: Luiz Gustavo Souza

1ª edição, 2025

Impresso no Brasil/ Printed in Brazil

Dados Internacionais de catalogação na Publicação (CIP)

T 664

Tonetto, Daniel
A cor que nos separa / Daniel Tonetto, RS: Avec, 2025.

ISBN 978-85-5447-295-5

1.Ficção brasileira I. Título

CDD 869.93

Índice para catálogo sistemático:
1. Ficção brasileira 869.93

Bibliotecária responsável: Ana Lúcia Merege – CRB-7 4667

AVEC EDITORA

Caixa Postal 7501
CEP 90430-970 — Porto Alegre — RS
contato@aveceditora.com.br
www.aveceditora.com.br
@aveceditora

A COR QUE NOS SEPARA

DANIEL TONETTO

AVEC EDITORA

SUMÁRIO

CAPÍTULO I - A consagração 13

CAPÍTULO II - A origem 17

CAPÍTULO III - A promessa de King 27

CAPÍTULO IV - Viva o patrão! Viva o Pelé! 35

CAPÍTULO V - Livros e despedidas 45

CAPÍTULO VI - Escola nova, ameaças antigas 63

CAPÍTULO VII - Um novo desafio 71

CAPÍTULO VIII - A vida adulta 85

CAPÍTULO IX - Theodora Borges 97

CAPÍTULO X - O casamento 103

CAPÍTULO XI - Enfim, cheguei ao mundo! 109

CAPÍTULO XII - As mortes 121

CAPÍTULO XIII - O terremoto e a maldição 147

CAPÍTULO XIV - Os crimes 155

CAPÍTULO XV - O julgamento e as maldades humanas 165

CAPÍTULO XVI - Quanta dor 197

CAPÍTULO XVII - A volta do cheiro 203

CAPÍTULO XVIII - Gengibre e mel 217

DEDICATÓRIA

Assim como a personagem Theodora descobriu o verdadeiro amor, eu também descobri. Por isso, dedico este livro a quem eu mais amo: minha esposa, Isadora Raddatz Tonetto.

Dedico também às minhas sobrinhas, Cecília, Joana e Helena.

E, por fim, a Bernardo e Thiago, que escolheram seguir o meu caminho e me brindam com orgulho e alegria.

Amo muito todos vocês!

AGRADECIMENTOS

À memória do meu querido tio Luiz Fernando Tonetto, cuja maneira bondosa e profundamente humana de conduzir a vida inspirou um personagem deste livro que carrega seu nome.

Aos estimáveis amigos Almir Humberto Velasco Cargnelutti, Eduardo Flores Machado, Francisco Bianchin (Padre Xiko), Suilnira Côrrea e Ruy César Abella, cuja forma afável de viver também deu origem a personagens desta obra.

Aos meus padrinhos literários, Ceura Fernandes e Gaspar Miotto, pelo apoio e incentivo constante.

Aos ilustres amigos Humberto Trezzi, pelo prefácio, e Daniel Guzinski, pela sinopse e sugestões valiosas, que enriqueceram a obra com generosidade e sensibilidade.

A Andrea Pfluger Pacheco, Harold Hoppe, Joel Oliveira Dutra e Lenira Brisch, que leram o manuscrito antes da publicação e me ofereceram conselhos preciosos.

E, sobretudo, à minha mãe, Vera Tonetto, a quem devo não apenas a vida, mas também a semente da palavra que me fez escritor.

PREFÁCIO

Um livro que parte do local para denunciar uma chaga universal.

Li todos os oito livros de ficção elaborados pelo Daniel Tonetto e sou, portanto, bastante suspeito para tratar do tema. Afinal, além de escritor e advogado de mão cheia, ele é minha fonte e posso considerar amigo. Mas uma das minhas propaladas virtudes (por muitos considerada defeito) é a sinceridade. E estou tranquilo em afirmar que *A cor que nos separa* é uma das melhores obras, possivelmente a melhor, desse criminalista, filho de São Sepé, radicado e afamado na Santa Maria (da Boca do Monte).

A vertente literária de Tonetto é umbilicalmente ligada à sua profissão. Um dos gaúchos com mais vivência em tribunais, já atuou em mais de 250 júris, tanto na defesa dos réus como na acusação — sim, muita gente não sabe, mas advogados também atuam na defesa da sociedade (ajudando os promotores de Justiça) e não apenas de indivíduos.

Estes dois tipos de profissionais, advogados de defesa e de acusação, estão presentes em *A cor que nos separa*, assim como em todos os outros livros de Tonetto. E ali também aparecem outros frequentadores e operadores do sistema criminal-jurídico, como juízes, promotores, policiais, presidiários, além das vítimas e seus familiares.

A grande diferença desta obra é que ela não parte de um crime específico. Ao contrário de outros romances do autor — thrillers em que o leitor é provocado a adivinhar quem é o criminoso ou quem o matou (uma fórmula que tem rendido sucesso garantido a Tonetto) —, *A cor que nos separa* é um libelo contra um dos males que aflige a humanidade desde que ela passou a povoar o planeta: o racismo.

Neste livro, os vilões não estão ligados ao crime organizado, nem são psicopatas. São pessoas de família e posses, manchadas pela chaga do preconceito contra os que não têm a pele, a religião e os costumes iguais aos seus.

O Brasil, repetem antropólogos e sociólogos, sofre de racismo estrutural. É aquele desprezo disfarçado pelos que não são da sua raça. Muitas vezes não verbalizado, mas presente nos prédios com elevador para empregados (quase sempre negros ou pardos). Nos currículos recusados de forma misteriosa pelos patrões, embora candidatos de pele diferente mostrem as mesmas virtudes técnicas. Na dificuldade de acesso a universidades pagas por parte dos descendentes de escravizados, que fazem perpetuar o fosso entre brancos e os demais brasileiros, mesmo passados quase 140 anos desde o fim nominal da escravidão.

Sim, a escravidão foi abolida formalmente em 1888, mas continua por aí. No campo, em trabalhos insalubres de sol a sol nas lavouras. Ou na cidade, em empresas de fundo de quintal em que dezenas de operários se empilham para dormir em beliches montado nos mesmos locais de serviço. Não passa semana no Brasil sem que um grupo de trabalhadores braçais seja libertado de fazendas onde são obrigados a forcejar em troca de comida, de falsas promessas de emprego, sem possibilidade de rever familiares e com carteiras de trabalho retidas para forçá-los a permanecer mourejando (isso, quando o documento foi assinado).

A cor que nos separa é muito mais sobre o alicerce dessa vergonha histórica do que sobre crimes de sangue, a especialidade-mor de Tonetto. Mas calma aí, leitor de livros de mistério: os assassinatos também aparecem no livro, já que a fruta (o autor, no caso) não cai longe da árvore que a fez florescer e amadurecer.

Este novo romance mostra maturidade. Os grandes escritores partem de sua aldeia para descrever os grandes males do mundo, eviscerá-los, analisá-los. É o caso, agora. Que Tonetto prossiga nessa toada temática. Afinal, Dostoievsky e Garcia Márques falaram de suas pátrias para se tornarem universais. Por que não o Rio Grande como cenário?

Humberto Trezzi, jornalista.

CAPÍTULO I
A consagração
(Estocolmo, ano 2062)

Era a noite mais feliz da minha vida. Inclusive, um repórter de um renomado jornal de São Paulo afirmou que aquela era a data mais importante da história de toda a família, desde os seus primórdios. Esse profissional da imprensa fez uma longa pesquisa dos meus ancestrais, por alguns séculos, e encontrou sempre a mesma coisa: pessoas simples, que trabalharam uma vida toda pela subsistência e para a criação dos descendentes. E, assim, a história foi se repetindo por gerações, até a minha chegada ao mundo.

Confesso que li a reportagem, mas não me impressionei nem um pouco. Era rasa e não retratava inúmeros segredos que vou contar. Aliás, o que me deixava nervosa não eram os diversos repórteres separados de mim por uma porta, nem mesmo a badalação do prêmio que iria receber dentro de poucos minutos, nem por ser a primeira brasileira a ganhar tal honraria. Mas o que me assustava era o frio europeu. Desde pequena não gosto do frio, mas isso vou contar depois a vocês.

Da janela do prédio, eu olhava para fora e mal conseguia enxergar a outra esquina, por causa da neve que caía, deixando tudo branco. O meu assessor disse que a temperatura era de 20 graus Celsius abaixo de zero. Não era minha primeira vez no Velho Continente, mas sempre evitava o inverno na Europa.

Meu nome é Theodora Borges, nasci no sul do Brasil, no ano de 2002, me formei em Medicina e Física Quântica, fiz especialização em Psiquiatria, cursei mestrado, doutorado e pós-doutorado. Por conta disso, passei a vida estudando o comportamento humano aliado a teorias físicas. Não foram raras as vezes em que tentaram desacreditar o meu trabalho, mas, quando as evidências se mostraram verdadeiras, as mesmas pessoas que me rechaçaram foram as primeiras a tentar me bajular. Nunca me importei com isso; sabia o quanto as vidas desse tipo de gente são insignificantes e cercadas pela infelicidade.

Em síntese, através da Medicina e da Física, consegui demonstrar como os sentimentos que carregamos dentro de nós têm o poder de nos influenciar a fazermos determinadas escolhas, e como isso impacta diretamente em nossos destinos, dando-nos uma vida de amargura ou de satisfação.

Estava no Brasil quando fui surpreendida pelo anúncio do prêmio. Meus assessores estouravam champanhes emocionados. O próprio presidente da República me ligou. No entanto, a minha cabeça parecia estar paralisada nas histórias da minha infância que, sem dúvida, foi a coisa mais importante que me aconteceu e, se não fosse por ela, nenhum título ou prêmio que recebi seriam concretizados.

Olhei mais uma vez pela janela. A neve continuava a cair do céu, deixando a paisagem branca como em um conto de fadas. Pedi para meu assessor me deixar sozinha por alguns minutos, ele trancou a porta e impediu que qualquer pessoa entrasse. Viajando através dos meus pensamentos, sozinha naquela sala, senti o velho cheiro que sempre me trouxe ótimas recordações na infância, uma mistura doce de gengibre e mel e pensei: "Não é possível que ele veio me ver de tão longe." Sem ouvir nenhum barulho das antigas portas se abrindo, olhei para o lado e o enxerguei, caminhando lentamente com sua bengala em minha direção:

— Tio Stéfano, mal posso acreditar que está diante de mim! — falei, surpresa.

— Eu que não posso acreditar que vencemos! — disse ele, a poucos metros, e me inundou com seu cheiro, que me trazia a memória de bondade e amor.

— Jamais o conquistaria se você não tivesse me ensinado o verdadeiro significado do amor.

— Deixa de ser boba. Ninguém merecia mais do que você. Além do mais, agora a humanidade poderá se tornar um lugar melhor, graças ao seu esforço.

— Já vou adiantar o meu discurso: ele será dedicado ao senhor, meu querido tio.

Fazia muitos anos que eu não conseguia enxergar lágrimas no seu rosto, e, quando acabei de falar aquelas palavras, o cheiro de gengibre e mel foram tão fortes como no dia em que eu o senti pela primeira vez na minha infância.

— A tua tia te mandou um beijo. Como você sabe, ela não pôde vir, mas está radiante de felicidade por tua conquista. Saiba que agora poderei descansar em paz, e talvez demore para nos vermos novamente. Te desejo...

Nesse momento, muitos fotógrafos conseguiram entrar e mais de uma dúzia de repórteres me cercaram e começaram a fazer perguntas. Em meio ao pequeno tumulto que se formou, chamei mais de uma vez pelo meu tio, mas não o encontrei. Dei-me conta que fazia um século do seu nascimento. Foi a última vez que o vi.

Em meio a tantas perguntas, relembrei da verdadeira história da minha família, ou melhor, daqueles que me amaram e que vou retribuir esse amor para sempre. Ela é bem mais complexa do que aquela reportagem que o jornalista escreveu, além de ser muito diferente da biografia das famílias tradicionais. É cercada de alguns mistérios e, acreditem, até mesmo de assombrações, de muita solidariedade com os mais necessitados, da luta contra o racismo, de episódios de assassinatos, mas, acima de tudo, de muito, muito amor.

Como eu disse, nasci no ano de 2002, mas, para que vocês entendam a história das pessoas que amei e continuarei amando, vou voltar 40 anos antes de eu vir ao mundo.

CAPÍTULO II
A origem

No dia em que Stéfano Veras nasceu, foi a manhã mais fria daquele distante ano de 1962. Era o primeiro e único filho do casal Antônio e Neuza. Ele, um reconhecido tratador de animais, que mal sabia assinar o próprio nome; ela, uma famosa benzedeira, mas conhecida pela sua fama de boa parteira. Tinham vital importância naquela pequena comunidade da zona rural no sul do Brasil, até mesmo porque o número de médicos e veterinários era escasso e o hospital mais próximo estava a mais de quarenta quilômetros dali. Sem mencionar as condições precárias da estrada; dependendo da época, somente um trator conseguia levá-los até a cidade.

Nas redondezas, o principal comentário era se Neuza iria conseguir fazer o próprio parto. Muitos apostavam que sim, por conta de sua pequena fama de milagreira. No fim, mesmo sob os protestos de que conseguiria trazer à luz o próprio filho sem a ajuda de ninguém, acabaram chamando o Velho Becca, um homem negro cheio de segredos e profecias, de estatura gigante e de mãos firmes, com um queixo torto por causa de um coice que recebeu de um cavalo ainda quando menino.

Segundo dizem, quando meu tio saiu do ventre e puderam ouvir o seu primeiro choro, o vento minuano, que soprava forte, silenciou e todos se espantaram, pois quando uma raridade dessas acontecia, para aquele povoado, era sinal de que o recém-nascido seria uma pessoa importante.

— Esse menino é iluminado, posso sentir. Ele tem o raro poder de fazer o vento minuano parar de soprar. Pressinto que ele trará um século de amor — disse o Velho Becca, com o pequeno Stéfano Veras em suas mãos negras e fortes. Todos silenciaram, impressionados com a previsão.

Aliás, naquela região falava-se muito em profecias. As histórias e crenças, por causa da miscigenação, misturavam-se de maneira extraordinária. Os indígenas, verdadeiros donos daquela terra, foram dizimados pelos portugueses, e, por incrível que pareça, o único vestígio de que eles habitaram por ali era um antigo cemitério, que afirmavam ser mal-assombrado. Os ancestrais do Velho Becca vieram do continente africano e foram tão maltratados pelo povo branco que nem mesmo sabiam qual era seu país de origem. Segundo os mais antigos, quando chegaram no Brasil, o único documento que os identificava era um número que servia para comprovar o seu respectivo proprietário. Há mais de meio século haviam sido libertados da escravidão, mas não da pobreza.

Havia também imigrantes que vieram da Itália, no final do século XIX, para escapar da miséria, com promessas falsas de riquezas, como foram os avós paternos do meu tio. Mas acabaram encontrando condições mais duras de viver do que tinham no outro lado do oceano Atlântico.

Naquela fazenda, o candomblé, a capoeira e os costumes católicos conviviam em plena harmonia, tanto que décadas mais tarde serviu de exemplo para uma tese de doutorado que tratava de intolerância religiosa e de raças.

Porém, isso se deve ao proprietário daquela vasta quantidade de terras. Cristóvão Alberto era um dos homens mais ricos da região, com fama de honesto e trabalhador, cumpria sempre sua palavra e trabalhava mais do que qualquer peão. Quando jovem, ganhou alguns hectares do sogro e os transformou em uma grande propriedade. Certamente, faria fortuna mesmo sem ter recebido o parco pedaço de terra como dote pelo casamento. Todavia, foi justamente esse campo que o amaldiçoou e atrapalhou a sua esperança não de alcançar a riqueza, mas sim a felicidade. Ele veio acompanhado da esposa, uma mulher magra chamada Eunice, que, além de ostentar um corte de cabelo que lembrava fatias de cebola, possuía uma alma desumana e racista, de natureza mesquinha, marcada por frequentes crises de mau humor.

Só não atrapalhou as crenças dos povos que a cercavam pois era controlada pelo marido para não fazer isso, e sempre que podia espalhava a maldade por onde passava. Tiveram dois filhos gêmeos bivitelinos; um de nome Herculano, o outro Vicente. No ano em que meu tio nasceu, eles completaram cinco anos, momento em que Cristóvão Alberto resolveu construir uma escola para seus filhos estudarem na sede da fazenda. Ao saber disso, Eunice teve uma de suas crises.

— O quê? — gritou.

— Como assim "o quê"? — respondeu o marido com cordialidade.

— Vieram me dizer que vai fazer uma escola aqui do lado de casa! Que diabos tem na cabeça? — disse, aos berros.

— Sim, quero que nossos filhos estudem. Que mal tem nisso?

— Parece que não pensa!

— Como assim? — perguntou, sem entender. Aliás, fazia tempo que tinha deixado de tentar entender a esposa.

— Ora, parece que já estou prevendo! Por ser um homem frouxo, vai deixar os filhos dos peões estudarem com os nossos. Não é isso?

— Lógico que sim, eles são seres humanos, são pessoas que nos servem e seus filhos precisam ao menos saber ler e escrever.

— Deixa de ser idiota! Muitos deles são negros!

— Pelo amor da Nossa Senhora Medianeira, não repita isso! Espero que Deus, em sua grandeza, te perdoe por dizer esses absurdos!

— Já que vai construir, pelo menos não faça isso diante dos meus olhos!

Depois de muita discussão, Cristóvão resolveu construir a escola atrás de um peral, cerca de quatrocentos metros distante da sede da fazenda, em um local onde a esposa não pudesse avistar a pequena casa de alvenaria. No início, ninguém entendeu o motivo, mas, quando a construção iniciou, todos se animaram pela ausência de Eunice e logo entenderam a escolha feita pelo patrão.

Foram meses felizes, nos quais aquelas pessoas estavam impulsionadas pela esperança. Cada parede da escola que se construía era comemorada com gritos de alegria. Depois de muitos anos de sacrifício, foi a primeira vez que conseguiram imaginar um futuro mais próspero aos seus filhos, e até para eles mesmos que, na sua maioria, mal conseguiam escrever o próprio nome. Trabalhavam até tarde da noite, iluminados por velhos lampiões, mas com o coração pujante.

Dias antes do Natal daquele ano de 1962, a pequena casa que serviria como colégio ficou pronta. Foi toda pintada de amarelo para homenagear a seleção brasileira de futebol que conquistou o bicampeonato mundial; e os telhados, que seriam de zinco, foram trocados por telhas de primeira qualidade, a pedido do próprio Cristóvão, que fez questão de trabalhar na construção. Não tardou para as mulheres decorarem a sala principal com flores do campo e algumas rosas vermelhas.

Enfim, depois de muita negociação, o único padre católico da região foi convencido a passar o Natal naquelas querências, com a tarefa de inaugurar a primeira escola da localidade. A notícia se espalhou mais rápido que o próprio vento e até o prefeito da cidade esteve presente na inauguração.

Conforme relatos dos mais antigos, foi a noite mais estrelada que já se teve e, ainda por cima, três meteoros passaram iluminando aquele pedaço do pampa gaúcho.

Então, o primeiro Natal na vida Stéfano Veras foi dentro de uma sala de aula. Anos mais tarde, quando seus pais estavam mais perto da morte do que do início da vida, relatavam essa história com orgulho.

A inauguração foi uma festa sem precedentes naquela região. Cristóvão Alberto doou um leitão e duas ovelhas para os peões carnearem e, por incrível que pareça, no final da festa, restaram apenas ossos que os cachorros devoraram.

Na noite de Natal, uma das novidades foi a presença da professora Suilnira. Recém-contratada por Cristóvão, era uma mulher de 25 anos, delicada como pétalas de rosas, reticente contra qualquer tipo de violência, e que tinha como propósito de vida a educação e a libertação dos desafortunados através dos livros.

— Quem é essa mulher com jeito de abestalhada? — perguntou Eunice ao marido, não escondendo o descontentamento.

— Olha o respeito, essa é a professora que irá ensinar os nossos filhos! — respondeu em seu ouvido, para não chamar atenção.

— Não consigo te entender mesmo! Por que razão gasta tanto dinheiro com esse tipo de gente?

— Ora, Eunice, esses seres humanos a que se referes com tanto desprezo são os responsáveis pela nossa riqueza.

— Até parece...

Vendo que a discussão não levaria a lugar algum, Cristóvão Alberto levantou-se da cadeira e foi conversar com o padre. Sabia que, ao menos, ela não desrespeitaria o religioso, pelo temor que ainda tinha a Deus.

Apesar de aborrecido com a ignorância da esposa, o fazendeiro, vendo a alegria dos seus funcionários, logo esqueceu o que acabara de ouvir. Pegou a taça vazia do religioso e a encheu de vinho.

— Beba, padre Francisco, o senhor merece. Muito obrigado por ter vindo!

— Ora, Cristóvão, eu que agradeço pelo convite, mas principalmente pelo que está fazendo pelo seu povo. É o primeiro fazendeiro que conheço que construiu uma escola e ainda contratou uma excelente professora.

— Pois é, deram-me ótimas referências dela.

— De fato, a Suilnira é uma grande profissional. Nem sei como você conseguiu contratá-la.

— Eu ofereci um bom salário, mas não foi isso que a convenceu de trabalhar nessas bandas…

— Como assim? — interrompeu o padre.

— Quando contei a ela que a maioria das pessoas sequer sabia assinar o próprio nome, tampouco sonhava em ler, sabe o que ela me disse?

— Nem imagino — comentou curioso.

— Ela me fez uma contraproposta.

— E qual foi? — interrompeu mais uma vez.

— Confesso que me surpreendi com o seu caráter. Ela me disse que não precisava pagar um alto salário, desde que, caso ela reconhecesse um talento, alguém que pudesse prosseguir nos estudos, que eu me comprometesse em ajudar essa pessoa. Admito que ela é uma sonhadora. Disse também que seu desejo de vida era formar alunos daqui para a Universidade.

— E qual foi a sua resposta?

— Ela está aqui, não está? Porém, acho isso muito difícil. Eu sou a pessoa mais estudada em quilômetros de distância, aprendi a ler, escrever, e principalmente a fazer contas. E com muito, mas muito sacrifício, acabei a quinta série primária.

— Ora, caro Cristóvão, as pessoas precisam de sonhos, isso as faz se distanciarem da miséria da vida real. Outra coisa, já pensaste que orgulho seria para a tua gente ter alguém formado em uma Universidade?

— É a primeira vez que penso nisso, padre Francisco. E, diante das tuas sábias palavras, tenho certeza que tens razão. É óbvio que vou honrar a minha palavra. Até porque, o senhor sabe, o homem que não tem palavra nessas bandas é mesmo que um passarinho sem asas para voar.

— Tenho certeza disso. Todos aqui te respeitam, pois sabem que a tua palavra tem a força de um tiro.

— Outra coisa, padre. Posso te fazer um pedido?

— Evidente que sim.

— Não comente isso com a minha esposa. Ela, digamos assim, para não a ofender, pensa bem diferente de mim, e me atazanaria se soubesse desse meu compromisso firmado.

— Tens a minha palavra. E, para encerrarmos a conversa, saiba que vou auxiliá-lo nessa nobre missão enquanto viver. Será uma honra eterna ver as crianças desse povoado romperem a barreira e conseguir se formar em uma Universidade!

Encantados com a felicidade daquela gente simples, abriram outra garrafa de vinho.

A poucos metros dali, a professora Suilnira distribuía folhetos com desenhos e as respectivas palavras do lado. Exceto padre Francisco e Cristóvão, ninguém sabia ler, nem mesmo Eunice, que, envergonhada por não entender o que estava escrito, deu uma desculpa para ir embora, levando consigo os dois filhos.

— Olá, professora, me chamam aqui de Velho Becca.

— Muito prazer! Já o conheço de fama. Dizem por aí que tem o poder da cura e também o dom da profecia.

— Esse povo fala demais. Posso te fazer um pedido?

— Lógico que sim.

— Pelo pouco que sei dos meus ancestrais, nenhum deles sabia ler nem escrever. A senhora acha que eu consigo, mesmo depois de velho?

— Tenho certeza que sim. Falando nisso, qual a sua idade?

— Boa pergunta!

— Como assim? Não sabe a data em que nasceu? — questionou, impressionada.

— Pois é, professora, meu bisavô veio em um navio negreiro da África. Segundo os antigos, tinha uma vida pior do que o pecador encontra quando se depara com o inferno. Morreu jovem, deixando meu avô como filho. Ele também foi maltratado, muito embora já houvesse a tal de lei Áurea. Meu pai e eu nascemos por esses lados carregando esse passado.

— Mas o que diz o teu registro de nascimento?

— Quando nasci, uma parteira me tirou da barriga da minha mãe. Quando jovem me chamavam de Becca; depois, quando as rugas se apropriaram do meu rosto, começaram a me chamar de Velho Becca. Esse é o meu único registro!

— Quer dizer, então, que o senhor não tem nenhum documento?

— Não, mas que diferença isso iria fazer na minha vida? — perguntou, curioso.

— Confesso que nunca pensei nisso! — respondeu abismada.

Conversaram por mais um tempo. Velho Becca contou as histórias de maus tratos perpetrados pelo homem branco. Impressionada, a professora Suilnira lacrimejou ao ouvir os relatos de tortura e desprezo, e disse:

— Eu pensei que o racismo era algo do passado.

— O racismo sempre vai existir. Eu vivi uma época que era proibido o estudo, frequentar lugares, e tudo era aceito. Hoje não ocorre dessa maneira, mas ainda o vejo nos olhares, nas falas e nas agressões...

— Ainda tem agressões por aqui? — interrompeu a professora.

— Não. Pelo menos, com a ascensão do Cristóvão, ninguém mais nesta região foi espancado. E quando ele sabe que algum outro fazendeiro maltrata os nossos irmãos de pele preta, o homem vira uma fúria e resolve do jeito dele.

— Como ele resolve? Não acredito que um ser humano bondoso como ele participe de episódios de violência.

— Não se engane, professora, os enviados do demônio não podem ser derrotados com bondade.

— Me explique isso melhor — pediu, admirada com a história.

— Ele é um homem bom, mas até mesmo os homens bons, por vezes, despertam o que tem de pior dentro deles. Ao menos o Cristóvão faz isso contra quem merece, e nunca contra os mais frágeis. No entanto, até mesmo seres como ele carregam uma pequena maldição.

— Mas que maldição ele poderia carregar? — perguntou.

— Essa mulher dele é ruim como carne de cobra. Se dependesse dela, a escravidão voltaria. Ela detesta os negros, mais do que detesta a si mesma.

— Sabe o motivo de tanto ódio?

— Sei, sim, mas é difícil de explicar.

— Agora fiquei mais curiosa, tente me falar, por favor.

— Em um passado não muito distante, teve muita maldade nestas terras. Os índios foram exterminados, abatidos como animais selvagens. Os africanos como eu foram escravizados e passaram por torturas que nenhum branco imagina. A poucos quilômetros daqui, ainda existe um tronco em que meus ancestrais eram amarrados e espancados enquanto um capitão do mato chamado Isidoro estuprava as mulheres na frente deles. Esse desgraçado é o avô da Eunice, e ela se orgulha disso e assusta as mulheres negras com o seu nome.

— Meu Deus, o Cristóvão sabe que ela faz isso?

— Quando ele fica sabendo, ocorrem brigas terríveis na sede da fazenda, daí ela ameaça se suicidar na frente dos filhos. O que ele pode fazer? São os únicos momentos que as pessoas o veem triste. Por isso, não falam mais nada a ele.

— Mas ainda não me explicou a origem de tanto ódio.

— Olha, professora, os meus ancestrais, principalmente os que entendiam de religião, afirmavam que, nas terras manchadas pelo sangue, a sombra do diabo costuma aparecer. Às vezes ela demora, mas sempre tenta voltar, pois o capeta se alimenta do sofrimento dos inocentes e incentiva a maldade dos infelizes.

Impressionada com o que ouvia, a professora Suilnira olhou para o horizonte iluminado pelas estrelas e pôde enxergar uma boa extensão da beleza dos campos gaúchos. Era difícil compreender como uma terra tão linda e fértil testemunhou tamanha maldade. Voltou então a perguntar:

— Então, Velho Becca, como se faz para superar tanto ódio?

— Através de Deus. Ele existe, pode ter certeza disso!

— No entanto, por que razão ele permite coisas como as que acabou de me relatar?

— Ele jamais concordaria com isso!

— Então por que isso acontece?

— Porque o diabo é poderoso! Mas Deus também tem o poder de combatê-lo.

— De que maneira?

— Eles enviam anjos para nos proteger, como o Cristóvão. — E, olhando bem para os olhos dela, falou: — E como a senhora, que veio nos alfabetizar e trazer um pouco de igualdade.

CAPÍTULO III
A promessa de King

Era abril de 1968. Uma forte brisa fazia o odor da grama do campo circular mais forte, o céu começou a se fechar e pequenas gotas de chuva começavam a cair; enquanto isso, as folhas das árvores desgrudavam-se dos galhos e voavam pelo horizonte que parecia não ter fim. Das janelas da sala de aula podia se ver tudo isso. No entanto, ninguém se deu conta da exuberância que a natureza provocava, estavam todos absorvidos pelas palavras da professora Suilnira.

— Ontem foi um dia muito triste para o mundo — disse a ensinadora.

— O que aconteceu? — perguntou Neuza.

Diferentemente do que acontecia nas escolas tradicionais das cidades, naquele colégio rural a professora dava aula para quatro séries diferentes na mesma sala, ao invés de um ambiente para cada turma.

Ali as séries eram divididas por fileiras que ficavam em um mesmo recinto.

Nesse ano, a cena mais pitoresca era que Neuza, com 30 anos, dividia a mesma fileira com seu filho Stéfano, de 5 anos, e também com o velho Becca, que foi o responsável pela sua chegada ao mundo. Muito embora pertencessem a três gerações diferentes, os três tinham, naquele ano, o mesmo objetivo: aprender a ler e a escrever.

— Um homem muito bom foi assassinado! — desabafou Suilnira.

— Opa, isso foi aqui nas nossas bandas? — perguntou um aluno.

— Não, foi longe daqui. A covardia foi nos Estados Unidos.

— Onde fica isso? É muito longe ou se consegue chegar a cavalo? — interrogou Velho Becca.

Ao ouvir aquelas palavras inocentes, frutos da total falta de conhecimento, a professora pensou consigo mesma: "Não é possível que esse homem nunca tenha ouvido falar sobre os Estados Unidos." E, medindo as palavras para não ofender a sua ignorância, respondeu:

— Muito embora eu conheça a força de um cavalo, arrisco dizer que a distância daqui aos Estados Unidos é muito grande até mesmo para o maior dos cavalos carregar um homem até lá.

— Então como se chega até esse lugar? — insistiu na pergunta.

— São milhares de quilômetros, o ideal é ir voando de avião.

— Cruz credo! — disse outro aluno.

— Eu é que não me arrisco ir até esse lugar. Deve ser muito bonito esse tal de Estados Unidos para que se arrisquem a ir pelo céu — falou, impressionado, um estudante que sentava na fileira que representava a primeira série.

Ao ouvir essas palavras, a professora deu-se conta que outros estudantes também sequer sabiam sobre o país, e introduziu a explicação:

— Bom, primeiro gostaria que soubessem que os Estados Unidos é um grande país. Aliás, trata-se da nação mais rica e poderosa do mundo. Fica localizado na América do Norte. Muito embora seja um lugar de prosperidade, infelizmente, a maldição do racismo continua presente entre seu povo.

Impressionados com a fala da professora, os alunos pareciam estar hipnotizados. Moravam em um lugar onde não chegava jornal, não havia televisão e a informação mais longínqua que recebiam era de uma rádio que falava sobre as previsões do tempo e os resultados do futebol brasileiro, quando, com sorte, conseguiam sintonizar o sinal e ouvir a voz do locutor, misturada com um chiado de interferência.

— Pois bem — continuou a professora. — Lá nesse grande país, um excepcional homem, que lutava pelo fim do racismo e pelos direitos civis, foi assassinado. O nome dele é Martin Luther King Jr. No ano de 1964, ele ganhou a maior honraria que um ser humano pode receber.

— O que significa "honraria", professora? — perguntou Velho Becca

— É algo nobre...

— Então, somente os ricos podem ganhar? Uma vez meu avô disse que a nobreza é uma classe de gente rica — interrompeu outro aluno, que toda vez que falava colocava a mão na boca para encobrir a vergonha de não ter os dentes da frente.

— Nunca poderemos ganhar, então... — intrometeu-se uma aluna.

— Calma! — disse a professora, silenciando o murmurinho que se instalou. — Nobreza não significa dinheiro, mas, sim, a riqueza de espírito, os atos bondosos, a gentileza em tratar o próximo. Tanto é que o Martin Luther King ganhou o Prêmio Nobel da Paz por combater o racismo nos Estados Unidos, através da resistência sem violência. Ou seja, ele não ganhou essa honraria por causa de seu dinheiro, mas, sim, por seu comportamento humano e corajoso.

Ao ouvirem as palavras, os alunos das mais diferentes gerações se emocionaram. Tinham uma rotina de trabalho árduo, acordavam cedo e logo pegavam no trabalho pesado; os homens, desde que eram crianças, aravam a terra, domavam cavalos chucros, arriscavam a vida para cuidar do gado. As mulheres, desde meninas, dedicavam-se a cuidar da casa do patrão, cozinhar e plantar na horta.

Exceto o amor que sentiam pela família, nada mais os encantava do que ouvir as histórias da professora Suilnira. Eram relatos de um mundo distante, que até então sequer imaginavam que existisse.

— Uma das qualidades desse homem, que foi covardemente morto, era seus discursos. Quero que prestem muita atenção em um trecho que ele falou: *"Eu tenho um sonho de que meus quatro filhos vão um dia viver em uma nação onde elas não serão julgadas pela cor da pele, mas pelo conteúdo de seu caráter. Eu tenho um sonho hoje! Tenho um sonho de que um dia, no estado do Alabama, com os seus racistas cruéis e com o seu governador que tem os lábios pingando palavras de rejeição e anulação, um dia lá meninos negros e meninas negras poderão dar as mãos a meninos brancos e meninas brancas, como irmãs e irmãos."*

Ao acabar de ler as palavras do então falecido Martin Luther King, a professora notou que todos os alunos de origem africana estavam com os olhos lacrimejados.

Olhou atentamente para os olhos dos alunos negros que sentavam à sua frente, e constatou que não eram meras lágrimas que corriam de seus olhos, mas, sim, o resultado de um sofrimento acumulado por séculos de ignorância, injustiça e cobiça de pessoas com status de nobreza, mas com o espírito mais pobre que um ser humano possa ter. Dando-se conta do que ocorria diante de si, pediu para que todos os alunos se levantassem.

— Vejo em minha frente brancos de origem italiana, mestiços e descendentes de negros de origem africana. Porém, sabem o que mais enxergo? — perguntou.

— Não, professora — responderam todos ao mesmo tempo.

— Enxergo, sem a menor das dúvidas, que ninguém é melhor por causa da cor que carrega na pele. Vejo e tenho a certeza de que serão melhores pela força que carregam dentro de vocês e pela bondade que podem trazer dentro de seus corações. Por isso peço, não como professora, mas como amiga, que todos se abracem e prometam que irão identificar as pessoas pelo que elas são, e jamais pela cor da pele.

Todos trocaram um abraço e prometeram, em voz alta, não esquecer a lição ensinada por Suilnira. Stéfano Veras tinha apenas 5 anos, mas os ensinamentos daquele dia moldaram o resto de sua gloriosa vida.

Ainda abraçados, ouviram o sino tocar. Eram 11h30min e a aula estava encerrada. Onira tinha 8 anos, cursava a segunda série, e seus ancestrais vieram do continente africano, ainda que não soubesse sua verdadeira origem. Era o orgulho da família: foi a primeira pessoa que aprendeu a ler e escrever, dentre todas as gerações das quais eles tinham notícias.

Era uma menina de sorriso fácil, com cabelo escuro encaracolado e olhos escuros, tinha facilidade para aprender. Secou as lágrimas que ainda umedeciam o rosto e correu para a casa da patroa. Na ânsia de não se atrasar, entrou na casa com os chinelos.

— Que isso, sua nega malcriada? — gritou Eunice.

— Me desculpa, patroa — disse envergonhada.

— Quantas vezes eu já disse que deve lavar essa pele suja antes de entrar na minha casa!? — gritou ainda mais alto.

— Perdão, dona Eunice.

— Ora perdão! Quem perdoa é Deus e não uma negrinha como você.

Ao ouvir aquelas palavras e lembrar a lição que acabara de ouvir na sala de aula, fez uma força para conter as lágrimas e, mesmo com 8 anos de idade, pensou: “Como ela tem a coragem de falar em Deus?”

— Pois bem, hoje vou ajudar você a se lavar.

Pegou-a pelo braço e a levou até o pátio onde tinha uma mangueira com a qual lavavam os cachorros. Os demais empregados viam tudo indignados, mas estavam aprisionados por um medo silencioso que acompanhava gerações de africanos, cujas vidas foram violentadas por seres de pele branca.

Os serviçais rezaram em voz baixa para que Cristóvão Alberto chegasse do campo. Sabiam que a única defesa da menina seria sua simples presença.

Os gêmeos juntaram-se a ela. Já estavam com 10 anos, e Herculano herdara a maldade da mãe, divertindo-se ao torturar animais. De tanto que ouvia a genitora, chegou à seguinte conclusão: "Não existe diferença entre os negros e essas vacas no campo"; por outro lado, Vicente era apático, nem mesmo seu próprio pai entendia a quem ele havia puxado — não fazia maldades, tampouco as reprimia.

Ao ver a expressão de raiva da mãe, Herculano sentiu um ímpeto de júbilo e passou a incentivá-la.

— Quem essa negrinha acha que é? — falou para que todos ouvissem.

Nesse momento, Eunice ligou a mangueira que usavam para lavar os cachorros e começou a molhá-la. Onira vestia a melhor roupa e, quando viu que estava ensopada pela água salobra, desandou a chorar.

— Já que o frouxo do meu marido não permite que eu a espanque, ao menos vou te ensinar uma coisa: você quer deixar de ser negra?

Sem saber o que responder, a menina, com apenas 8 anos, olhou-a com um olhar de desespero e ficou em silêncio.

— Então, quer me dizer que acha que os negros são melhores do que nós? — perguntou, com um chinelo numa mão e a mangueira na outra.

— Não quis dizer isso, senhora — respondeu chorando.

— Entendi! Vou te ensinar uma coisa que vai mudar a sua vida. Você quer ser uma mulher branca?

Mais uma vez, Onira não soube o que responder e Eunice continuou:

— Olhe para a sola dos seus pés — ordenou, gritando.

A menina olhou sem entender.

— Está vendo que eles são brancos?

— Sim, senhora.

— Sabe o motivo disso?

— Não, senhora.

— É porque eles pegam água a todo momento e, se você quiser ser branca como eu, deve se lavar mais, assim como lava os seus pés. Está entendido?

Antes que pudesse responder, Herculano fez um sinal a Eunice. Cristóvão Alberto apareceu no horizonte montado em seu cavalo. Com ele, mais quatro peões cavalgavam em direção à casa.

— Negrinha de sorte — falou, e dirigiu-se aos empregados. — Uma única palavra do que aconteceu aqui ao patrão, e juro que corto a cabeça de vocês.

Nesse momento, o peão mais antigo da fazenda, um homem negro com quase 80 anos, que insistia em trabalhar mesmo com o desgaste de uma vida sofrida que presenciou as mais diversas maldades cometidas contra o seu povo, pensou: "Não é o caráter, tampouco o trabalho. É a cor que nos separa." Olhou seus braços escuros e cansados, e sentiu uma profunda tristeza pela ignorância daqueles que acreditavam que a cor da pele era mais importante do que a verdadeira essência do ser humano.

Cristóvão Alberto notou que os serviçais estavam quietos demais, tentou entender o motivo, mas ninguém disse nada. Imaginando que a esposa teria cometido algum tipo de maldade, tentou tratar a todos com mais humanidade do que o habitual e deu-lhes a tarde de folga.

— Receio que estão trabalhando demais, e por isso peço que fiquem com suas famílias e descansem. Teremos um ano de muito trabalho.

Os empregados agradeceram. Ao mesmo tempo que nutriam um ódio descomunal por Eunice, sentiam-se afortunados por ter um patrão como Cristóvão, ainda mais porque cansaram de ouvir histórias de fazendeiros que pareciam não saber que a escravidão no Brasil tinha sido extinta havia mais de meio século.

No outro lado da casa, Herculano divertia-se com a mãe ao contar sobre a expressão aterrorizada de Onira. E, quando ainda riam, foram interrompidos por Vicente:

— Se os negros podem ficar brancos se lavando, por que razão eles não fazem isso? — questionou impressionado.

— Você é uma toupeira — respondeu Eunice. — Às vezes, acho mesmo que tem um problema na cabeça!

Antes que pudesse argumentar, viu seu irmão e sua mãe caírem em gargalhadas.

CAPÍTULO IV
Viva o patrão!
Viva o Pelé!

Naquele domingo de 21 de junho de 1970, os pampas gaúchos amanheceram tão brancos pela geada que parecia ter nevado. No entanto, nem mesmo as crianças prestaram muita atenção nisso. Todos os brasileiros acordaram rezando pela seleção de futebol. Era a primeira vez que dois bicampeões mundiais se enfrentariam em uma final: a Itália, vencedora das Copas do Mundo de 1934 e 1938, e o Brasil, campeão em 1958 e 1962.

Com o maior jogador de todos os tempos até então, a seleção canarinha contava com o ídolo Pelé. A equipe parecia imbatível, tanto que havia vencido todos os cinco jogos que disputou, fazendo 15 gols e sofrendo apenas 6.

O velho Becca acordou e foi até o seu espaço sagrado de batuque e acendeu incontáveis velas vermelhas. Os descentes italianos, mas com alma brasileira, rezavam pela Virgem Maria com uma foto de Pelé ao seu lado. E, assim, cerca de 90 milhões de compatriotas acordaram como se estivessem vivendo um conto de fadas. Muito embora boa parte da população convivesse com a miséria e a falta de oportunidades, nada disso importava nesse dia.

Cristóvão Alberto comprou um rádio mais moderno e carneou dois novilhos para que os empregados saboreassem a carne enquanto ouviam a partida. Sem exceção de nenhum serviçal, foram ao colégio acompanhar a tão esperada final.

Aos 18 minutos da fase inicial, após uma assistência mágica de Rivelino, Pelé abriu o placar. A alegria que se instalou na sala da escola parecia ter o poder de espantar até mesmo as maldades de Eunice. No entanto, após uma falha da defesa brasileira, Roberto Bosingegna empatou a partida e todos ficaram cabisbaixos. E, assim, encerrou-se o primeiro tempo.

No período de intervalo, a fé de milhões de brasileiros deve ter dado algum efeito. Velho Becca, por exemplo, sacrificou duas galinhas e acendeu o resto das velas que tinha. Até mesmo Antônio e Neuza Veras, que eram mais discretos no aspecto religioso, colaram a foto de Rivelino no pequeno altar que levaram de casa.

Com tanta gente torcendo e com uma seleção majestosa, os italianos não aguentaram e, quando Gerson deu um chute certeiro para o segundo gol, o país transformou-se em euforia.

— Eu disse que Xangô não iria nos abandonar! — gritou Velho Becca.

— A Mãe Medianeira está orando por nós — disse, aos prantos, Neuza.

Não importava a religião ou a cor da pele. Nas bandas do fazendeiro Cristóvão Alberto, ao menos os empregados se respeitavam e tratavam-se com respeito e tolerância.

Após o gol de Gerson, a habilidade de Pelé destacou-se ainda mais, e a seleção fez mais dois gols. E, quando o árbitro apitou encerrando a partida, aquela gente, dos mais velhos aos mais jovens, tiveram o momento mais feliz de suas singelas vidas. Era como se algo mágico estivesse acontecendo.

— Eu não pensei que um dia seria tão feliz — disse o tio do Velho Becca, com quase 90 anos.

Enquanto festejavam, avistaram no horizonte um homem cavalgando. Era Cristóvão Alberto quem se aproximava:

— Boa tarde, meu povo, resolvi adoçar um pouco mais a vida de vocês.

— Como assim, patrão? Não há nada mais doce que essa vitória — respondeu Antônio.

— Olhem essas duas caixas, e me respondam se ainda não pode ficar mais doce!

Ao olharem, viram as caixas lotadas de quindins, doces de abóbora e rapaduras de amendoim. Logo, as crianças se aproximaram e foram comendo sem parar. Velho Becca tratou de se adiantar e separar dois quindins em oferenda a Cosme e Damião.

— Viva o patrão, viva o Pelé. Nós o amamos! — gritou Velho Becca, e logo a frase foi repetida por todos.

Pela primeira vez, Cristóvão Alberto não conseguiu segurar as lágrimas. Deu a desculpa de que a emoção era por causa do tricampeonato mundial. Porém, os mais antigos sabiam que era um choro de tristeza pelas situações que vivenciava em sua própria casa.

Os empregados da estância comemoraram até o início da madrugada. Mesmo assim, na segunda-feira acordaram cedo para trabalhar. Os alunos também se levantaram próximo do nascer do sol e, depois de semearem a terra, sentaram-se diante da professora. Stéfano Veras estava prestes a completar 8 anos, cursava a terceira série, e era disparado o melhor aluno da escola. Por conta da rotina diária, sua mãe e o Velho Becca abandonaram o estudo na metade do segundo ano, mas com a sensação de dever cumprido por terem aprendido a ler e escrever.

Para a tristeza da professora Suilnira, nenhum aluno daquele colégio conseguiu prosseguir nos estudos após terminarem a quarta série, que era a última etapa que a escola oferecia. Nesses anos que lecionava, existiram alunos com inteligência brilhante. Apostava muito em Onira. Fez de tudo para levá-la até a cidade mais próxima, mas não obteve êxito. O fato de ser mulher, e ainda por cima negra, impossibilitou esse sonho.

A professora não admitia tamanha ignorância, e isso era o que mais a fazia sofrer. “Em que tipo de sociedade vivemos? Será que as pessoas não se envergonham de tamanha ignorância?”, pensava a todo tempo consigo mesma. E quando rememorava os temas feitos corretamente com a letra caligrafada de Onira, e a via limpando a horta e sendo humilhada por uma mulher racista sem um mínimo de inteligência, ficava à beira de entrar em desespero.

Porém, ao ver a desenvoltura de Stéfano Veras, a maneira como escrevia e se expressava, teve uma ponta de esperança. Teria mais um ano e meio para planejar a sua transferência até uma escola na cidade. Tinha consciência de que seria inviável ele ir todos os dias até a cidade estudar. Portanto, a tarefa mais difícil consistia em achar um local para ele morar durante o ano letivo.

A cada ano que passava, a professora Suilnira presenciava jovens inteligentes e esforçados, que estudavam pela manhã e trabalhavam arduamente até a noite, serem forçados a abandonar a escola. Toda vez que pensava que eles poderiam continuar estudando até se formarem em uma universidade, mas que na verdade eram derrotados pela falta de oportunidade, condenando suas parcas vidas ao trabalho penoso do campo, sem nenhuma expectativa de progresso, sentia um calafrio de tristeza tomar conta de seu corpo, e se questionava o motivo de estar falhando. No entanto, prometeu a si mesma que, ao menos com Stéfano Veras, a situação seria diferente.

Os dias foram passando e, de acordo com a região, os costumes, a educação e as oportunidades, de uma maneira ou de outra, moldavam o destino das pessoas que o habitavam.

Era uma quarta-feira, dia 27 de outubro de 1971. No outro lado do Oceano Atlântico, um herdeiro afortunado que residia na cidade de Bruxelas e que nunca precisou trabalhar, tampouco terminou os estudos, mesmo tendo uma famosa universidade a poucos metros de sua mansão, lia a notícia de que a República Democrática do Congo estava mudando o nome para Zaire.

— Viu só, vozinha, caso esses selvagens não tivessem se tornado independentes da nossa nação naquele fatídico 30 de junho de 1960, não estariam nesse estado deplorável!

— Oh, meu querido neto! Como você é culto, desde pequeno sempre decorou as datas. Pena que não seguiu nos estudos.

— Para que eu precisaria estudar, vozinha? — Pediu para que um criado servisse mais chá em uma xícara de porcelana, e continuou: — Parece até que às vezes esquece que somos donos de uma fortuna!

No mesmo momento, mas em uma realidade totalmente distinta do nobre belga, a professora Suilnira chegava de manhã no pequeno colégio para lecionar em uma única sala para alunos que iam da primeira à quarta série. Sabia que a maioria dos estudantes, antes de chegar à escola, já havia trabalhado na roça.

— Bom dia, pessoal.

— Bom dia, professora — responderam, alegres pela oportunidade de estudar, pois sabiam que trabalhavam em uma das raríssimas propriedades que garantiam esse direito naquela região.

— Hoje vamos falar um pouco de história, e para isso trouxe um livro da minha casa, que pretendo deixar aqui.

— Qual é o nome do livro, professora? — perguntou, curioso, Stéfano Veras.

— *Coração das Trevas*, do renomado Joseph Conrad. Ele foi escrito em 1899…

— Sobre o que é esse livro? — interrompeu uma aluna de 30 anos que cursava a primeira série e sonhava em aprender a ler um livro sozinha.

— Ele se passa em um país que, por coincidência, hoje está trocando de nome. É um belíssimo lugar, com clima tropical e equatorial, e é considerado um dos países mais ricos do mundo em termos de recursos naturais. Todavia, atualmente, trata-se de um dos países mais pobres do planeta.

— Não entendi, professora! Como um lugar tão rico pode ser também tão pobre? — questionou um aluno.

— Isso é uma longa história. Na década de 1870, um rei desprezível da Bélgica, conhecido como Leopold II, que Deus o tenha, começou a promover expedições sob o pretexto de ter funções humanitárias e cientificas. Na verdade, esse maldito monarca somente os explorava, e pasmem, com o único propósito de enriquecer ainda mais a si mesmo...

— Mas o que ele fazia? — perguntou a mesma aluna, fascinada pela história, interrompendo a professora pela segunda vez.

— Caçava elefantes para vender o marfim, devastava as florestas, roubava o ouro, etc. Mas o pior é que fazia tudo isso escravizando e torturando aquele povo inocente que não conseguia se defender. E que, na maioria das vezes, morriam e sequer conseguiam proteger suas mulheres, que eram frequentemente estupradas.

— Meu Deus, como um rei pode fazer isso? — perguntou Stéfano Veras, não escondendo a revolta que aquelas palavras produziram.

— Pois é, justamente isso que o escritor descreve. Querem que eu leia uma parte do livro, que fala sobre esse lindo país?

— Queremos! — falaram todos no mesmo tom.

— *"Subir aquele rio era como viajar de volta aos primórdios do mundo, quando a vegetação abundava na Terra, e as grandes árvores reinavam. Uma correnteza vazia, um enorme silêncio, uma floresta impenetrável. O ar estava quente, denso, pesado, moroso. Não havia alegria no brilho do sol. Os longos trechos de via fluvial se estendiam à frente, desertos, rumo à escuridão das distâncias ensombrecidas."* — A professora Suilnira fez uma pausa na leitura da obra inspirada na realidade encontrada pelo polonês Joseph Conrad nessa região do continente africano, que descreveu a maneira cruel e desumana com que os nativos eram tratados e muitas vezes mortos.

— Por favor, professora, continue a leitura. Já estava me imaginando nesse lugar! — disse Stéfano Veras.

— *"Nos prateados bancos de areia, hipopótamos e jacarés tomavam sol lado a lado. As águas cada vez mais amplas corriam por entre diversas ilhas vegetadas; você se perdia naquele rio como num deserto, e trombava em baixios o dia inteiro, tentando encontrar o canal, até acreditar que estava enfeitiçado e totalmente desligado de tudo o que conhecera antes; em algum lugar, distante, talvez em outra existência."*

Os alunos aplaudiram em pé após a professora ler a última palavra, e por um bom tempo permaneceram sensibilizados e horrorizados ao saber que um rei poderia ser capaz de cometer tamanhas atrocidades em face de um paraíso.

Os raios de sol entravam pelas janelas e iluminavam a sala. Por incrível que pareça, era a única forma de se ter aula sem precisar de velas e lampiões, uma vez que o colégio e também as casas dos empregados não tinham energia elétrica, tampouco água encanada. E quando o sol estava em cima da escola, a aula foi interrompida: era meio-dia.

Quando os alunos se despediam da professora, Suilnira dirigiu a palavra a um aluno específico:

— Olá, Stéfano, podemos falar uns minutos? — disse de forma cordial.

— Claro que sim, professora.

Meia dúzia de curiosos ouviram e retardaram a saída para escutar. No entanto, Suilnira despediu-se deles perguntando se precisavam de mais alguma coisa e, ao ficarem a sós, começou a conversa:

— Nesses anos que estou aqui, tive bons alunos, mas ninguém comparado a ti.

— Nossa, professora, muito obrigado! — respondeu, orgulhoso.

— Pois então, já está terminando a quarta série e, como sabe, não tem como você seguir nos estudos por aqui. Que acha disso?

— Semana passada meus pais falaram sobre isso!

— E o que eles disseram? — perguntou, esperançosa, acreditando que seus pais tinham traçado um plano para que ele continuasse os estudos.

— Eles falaram que estão muito orgulhosos de mim! — respondeu com a ingenuidade das crianças do campo.

— Como assim, pode me explicar melhor? — interrogou Suilnira.

— Meu pai sabe apenas assinar o nome; já minha mãe frequentou até a metade do segundo ano e aprendeu a ler e escrever graças à senhora. Pelo que sabemos, ninguém da nossa família estudou mais do que eu — respondeu, orgulhoso.

A professora ficou abismada em ouvir aquela afirmação. Parecia que a revolta que carregava dentro de si inflamava-se ainda mais: "Não é possível que pessoas inteligentes e bem-intencionadas não tenham oportunidades. Que país é esse?", pensou. Sabia que precisaria medir as palavras para convencê-lo a deixar o único mundo que conhecia e aventurar-se em um lugar desconhecido e cheio de armadilhas.

— Por acaso, você gostaria de deixar seus pais ainda mais orgulhosos?

— Claro que sim, professora! A senhora já está sabendo que hoje vou ajudar meu pai a cuidar dos terneiros doentes?

A inocência das palavras do garoto fez os olhos de Suilnira lacrimejarem. Muito embora pobre, Stéfano Veras era descendente de imigrantes italianos, e, diferente de muitos moradores dali, tinha olhos azuis como o céu e um cabelo escuro que mesmo sem cuidados era liso como uma túnica de seda. Era uma criança bonita, mas se destacava mais pela educação e inteligência do que pela própria beleza.

— Não sabia disso, mas gostaria que seus pais ficassem ainda mais orgulhosos? — insistiu, com cautela.

— Sim — respondeu com os olhos brilhando, ficando claro para Suilnira de que a coisa mais importante na vida daquele garoto era orgulhar os próprios pais.

— Gostaria muito que você prosseguisse nos estudos e, caso aceite, vou conversar com a Neuza e o Antônio sobre isso.

A expressão de Stéfano Veras era uma mistura de alegria e medo — mesmo com 9 anos, soube naquele momento que sua vida mudaria. Muito embora jamais tivesse colocado os pés fora daquela propriedade no interior do sul do Brasil, nem sequer tivesse conhecido as imagens de uma televisão, já tinha lido livros que descreviam as cidades e os perigos que elas podem representar, mas, acima de tudo, as oportunidades que proporcionavam. Antes de responder, pensou e imaginou como seria a sua vida longe dos pais, então lágrimas começaram a cair de seus olhos e, antes que Suilnira o abraçasse, respondeu:

— Pode ter certeza que não vou desapontar a senhora, e serei grato pelo resto dos meus dias.

Ao ouvir a resposta, Suilnira teve a impressão de que estava diante de um adulto e não de uma criança, e pensou na mulher muito sábia e culta que disse: "Conhecemos as pessoas nos momentos decisivos de suas respectivas jornadas nesse mundo."

Suilnira jamais esqueceu aquela resposta e, a partir de então, o que era uma relação respeitosa entre professora e aluno, passou a ser uma amizade profunda que os acompanhou durante toda as suas vidas. A decisão de Stéfano Veras, além de formar uma grande amizade, ajudou a moldar o seu caráter como um ser humano determinado e corajoso.

CAPÍTULO V
Livros e despedidas

Era 18 de fevereiro de 1972, para muitos, era uma sexta-feira qualquer. No entanto, para Stéfano Veras era o dia mais importante dos seus 9 anos de existência. Quando o sol deu os primeiros sinais, levantou-se da cama, não tendo dormido um só instante, vestiu as botas e, ao abrir a porta da casa para ir em direção à horta trabalhar, ouviu a voz de seu pai:

— O que está fazendo, meu filho? — perguntou Antônio.

— Ora, pai, o que faço todos os dias — respondeu.

Ao ver que sua mãe também acordou, descalçou as botas para não sujar a casa e lhe deu um beijo no rosto.

— Bom dia, nem posso imaginar que amanhã vou acordar sem vocês.

— Olha, meu filho. Estaremos distantes, mas sempre rezando por ti. Tenho certeza que a Nossa Senhora Medianeira estará sempre ao teu lado.

— Hoje o patrão Cristóvão nos liberou do trabalho. Acabei esquecendo de te falar.

— Nossa, pai, coisa boa. Posso fazer um mate?

— Deixa que eu faço, meu filho — respondeu Antônio.

Por um bom tempo, os três tomaram chimarrão e ficaram olhando de mãos dadas o sol nascer. Na linha de um horizonte que parecia infinito, os pássaros sobrevoavam um céu azul e límpido. Enquanto se deslumbravam com a natureza, pareciam não ter coragem de falar o que estava prestes a acontecer, até que Neuza interrompeu o silêncio:

— Saiba que sempre estaremos ao teu lado, independente da escolha que fizer! Mas jamais esqueça que nenhuma riqueza desse mundo compra a bondade, e somente através dela é que poderá ter uma vida feliz e em paz.

Stéfano ouviu atentamente as frases daquela conversa que ele nunca esqueceria, e seus olhos foram inundados por lágrimas.

— Sentiremos a tua falta, meu filho, mas saiba que a tua felicidade e o teu sucesso são o combustível que temos para continuar com as nossas vidas.

Foi uma das poucas vezes que Stéfano Veras não conseguiu falar, tampouco reagir. Permaneceram conversando até a hora do almoço, quando foram interrompidos por vozes na frente de casa. Ao olhar para fora, o menino desandou a chorar ainda mais.

Cristóvão Alberto chegou em sua caminhoneta com padre Francisco e Suilnira. Aos poucos, boa parte dos empregados da fazenda chegavam para se despedir; tinham preparado um almoço surpresa para Stéfano Veras, que pensou: "Como sentirei falta dos meus amigos!"

Velho Becca foi o último a chegar, atrasou-se. Segundo ele, fez um trabalho aos seus velhos orixás para que abrissem os caminhos de Stéfano.

— Não se preocupe, garoto, que sai daqui protegido — disse, dando-lhe um abraço.

Onira estava com 11 anos e sonhava em ter conseguido continuar nos estudos, mas nem por isso invejou o amigo e vizinho. Pelo contrário, estava feliz por ele.

— Muito sucesso, Stéfano! Nessa vida não consegui prosseguir estudando, mas tenho certeza que um dia meus filhos irão conseguir — disse orgulhosa ao amigo, beijando o seu rosto.

— Obrigado, Onira. Nunca vou esquecer de você e da nossa amizade.

—Tenho certeza disso! — respondeu, com a inocência das crianças, que, mesmo sendo vítimas de seres humanos sem luz, permanecem acreditando no valor da amizade.

Almoçaram, riram e, quando o relógio marcou duas horas da tarde, Stéfano Veras despediu-se dos pais e dos amigos, que o acompanharam durante toda a sua trajetória.

Stéfano embarcou na caminhoneta Chevrolet Veraneio — era a primeira vez que ele andava em algo que não fosse puxado por um cavalo ou uma junta de bois. E quando virou para trás e viu os seus pais e praticamente todos os amigos que conhecia abanando, teve vontade de chorar, mas conseguiu se conter. No entanto, quando olhou novamente e viu um rastro de poeira encobrindo a todos que o saudavam, não teve forças para conter o choro.

— Calma, meu amigo, logo voltará a vê-los. Benditos são aqueles que são amados! Considere-se um afortunado — disse padre Francisco.

Ao seu lado, Suilnira, mesmo emocionada com o que acabara de ver, não escondia a alegria de estar vivenciando pela primeira vez seu grande sonho como educadora: "Ele terá muito sucesso, e vai inspirar inúmeras crianças nessa sua jornada", pensou.

Enquanto todos comemoravam o feito inédito, Eunice esbravejava aos gritos:

— O pai de vocês é um frouxo!

— Por que, mãe? — perguntou Vicente.

— Ora, por quê! Parece que não pensa, só que me faltava você se sair igual a ele.

— Pode ao menos me explicar dessa vez?

— Vai perder o tempo dele levando o filho de um maldito imigrante para estudar! Se nem meus filhos tiveram esse luxo.

— Mas, mãe, o pai nos ofereceu continuar estudando. Foi a senhora que nos convenceu que seria uma enorme perda de tempo!

Vendo que não tinha como continuar argumentando, mudou de assunto e começou a gritar ainda mais alto:

— Onira, onde você tá, preta desgraçada?! Preciso que venha varrer a minha cozinha.

Berrou por mais um tempo e deu-se conta de que a menina deveria estar com a família de Neuza. Desistiu de gritar, imaginou que seu marido mais uma vez tivesse dado folga aos empregados. Indignada com as atitudes de Cristóvão, começou a quebrar ovos e espalhar sujeira no chão da cozinha.

— O que está fazendo, mãe? — perguntou Herculano sorrindo.

— Já que aquela negrinha não vem trabalhar hoje, amanhã ela terá serviço dobrado! — respondeu sorridente.

Aos risos, Herculano apreciou a ideia e deu cusparadas pelo chão, enquanto Vicente observava atônito e sem reação a atitude dos dois.

Nesse mesmo momento, a Veraneio dirigida por Cristóvão afastava-se cada vez mais da fazenda. Pela janela, Stéfano Veras via admirado as paisagens do pampa gaúcho. O trajeto até a cidade de São Sepé, um município com mais de 20 mil habitantes, era de cerca de 40 quilômetros. Porém, por causa da condição da estrada esburacada e sem calçamento, a viagem durava um pouco mais de 2 horas.

Ao chegarem na cidade, padre Francisco notou a expressão de espanto do menino e perguntou:

— O que está achando?

— Meu Deus, padre! Nunca imaginei que pudessem existir tantas casas uma do lado da outra! E por que o chão da rua é diferente?

— Isso se chama calçamento — explicou Suilnira.

— E quando chove, as carroças não atolam aqui?

Os três deram-se conta de que não haviam explicado nada ao menino sobre como era a formação de uma cidade. Para eles, era algo tão simples que passou despercebido.

— Aos poucos, a professora Suilnira e o padre Francisco vão ir te explicando os costumes daqui; é um pouco diferente, mas logo vai se adaptar. Não te preocupa.

Andaram por mais uns minutos, e Cristóvão estacionou a caminhonete na frente da igreja. Stéfano iria morar em um dormitório nos fundos da casa religiosa. Era um espaço pequeno, e dividiria a moradia de dois quartos, um banheiro, duas salas e uma cozinha com padre Francisco. Porém, para o menino, era o maior luxo que presenciava em sua vida.

Os quatro conversaram por quase uma hora, e Cristóvão despediu-se, deixando um punhado de dinheiro para custear os gastos de Stéfano.

— Não precisa de tanto, meu amigo — respondeu o religioso.

— Por favor, os pais dele me servem há uma vida inteira, é o mínimo que posso fazer! E, quando acabar o dinheiro, basta me avisar — falou com entusiasmo.

Ao terminar as palavras, Stéfano Veras lhe deu um abraço e agradeceu. O fazendeiro esforçou-se para não se emocionar; não recordava a última vez que havia recebido gratidão ou carinho dos próprios filhos. Logo Suilnira também se despediu, prometendo que em breve voltaria para vê-los.

A temperatura daquele dia de fevereiro beirava os 35 graus Celsius, e logo o religioso notou que Stéfano estava suado e lhe deu toalhas, apontando o banheiro, para que tomasse um banho.

Passaram-se alguns minutos e Stéfano voltou encabulado. Francisco não ouviu barulho de chuveiro ligado e perguntou:

— Não conseguiu tomar banho? Por acaso o banheiro está com problema?

— Consegui, sim, mas tinha pouca água para me lavar!

— Como assim? — perguntou sem entender.

— Está ótimo, não se preocupe.

Desconfiado, padre Francisco foi até o banheiro com ele e abriu o chuveiro para verificar o problema.

— Meu Deus do céu! — gritou Stéfano

— O que houve, garoto? — perguntou, assustado.

— Não está vendo? Está saindo água pela parede!

Padre Francisco fez um esforço enorme para não rir, já que a última coisa que pretendia era humilhar Stéfano. Abismado com as palavras do garoto, pensou: "Pobre menino, já tem 9 anos e nunca tinha visto água encanada." Sentiu piedade pela simplicidade da criança e, ao mesmo tempo, atingiu-lhe a alma um afeto similar ao sentimento que um pai poderia sentir por um filho.

— Calma, Stéfano, isso é o que chamamos de água encanada. Basta girar a torneira e a água sai, depois gira no sentido contrário que para de sair.

— Puxa vida, me desculpa — respondeu, envergonhado. — Uma vez li em um livro, mas achei que era coisa que não existia por aqui.

— Então, se não tomou banho no chuveiro, onde se lavou?

— Nessa água aí — disse, apontando para dentro do vaso. — É bem menor do que o açude perto da minha casa, mas mesmo assim consegui me lavar!

Dessa vez o religioso não conseguiu conter as gargalhadas, e explicou ao garoto que o vaso servia para fazer as necessidades. Enquanto demonstrava a Stéfano a maneira correta de usar, apertou a descarga, o que fez a criança dar um pulo de susto.

— Fique tranquilo. Logo, logo, você aprende tudo.

A noite começava a dar os seus primeiros sinais e algumas estrelas já despontavam no céu. Padre Francisco deduziu que o menino também não conhecia energia elétrica e, de fato, quando acendeu o abajur, Stéfano Veras ficou encantado com o brilho emanado da lâmpada.

— Então quer dizer que não vou precisar acender lampião de noite?

— Isso mesmo, basta apertar nesse botão para ligar e depois fazer o mesmo para desligar.

— Minha Nossa Senhora Medianeira! Como isso é possível? — perguntou, impressionado.

Antes que respondesse à pergunta, padre Francisco abriu um armário e lhe mostrou outra coisa.

— Está vendo esse objeto?

— Sim, mas nunca tinha visto esse tipo de caixa.

— Não é caixa, não se assuste, pois vou ligá-la.

Ao ver as imagens da televisão pela primeira vez, Stéfano Veras ficou hipnotizado. Pensava, mas não conseguia entender tudo aquilo que via diante de si, e perguntou:

— Mas por onde as pessoas conseguem entrar nessa tal de televisão?

— Por uma antena lá fora, que fica em cima da igreja.

— Posso ir lá ver? — perguntou, com os olhos que demonstravam uma curiosidade nunca antes vivida.

— Claro que sim. Vou até lá para te mostrar — respondeu de forma carinhosa.

Quando o padre apontou para a antena, Stéfano Veras ficou com o olhar fixo no objeto e, mesmo envergonhado, perguntou:

— Mas por que as pessoas não estão vindo mais?

— Quais pessoas? — questionou, sem entender.

— As que estavam na televisão!

Mais uma vez, o religioso não conteve as risadas, e demorou um bom tempo para explicar ao menino que eram apenas imagens. Aproveitou a ocasião e lhe fez um convite:

— Notou que as imagens da televisão são em preto e branco?

— Sim, tem razão.

— Pois bem, amanhã teremos um evento histórico em nosso país...

— O que vai ser? — interrompeu.

— Na cidade de Caxias do Sul, teremos a inauguração da Festa da Uva, e pela primeira vez aqui no Brasil as imagens da televisão serão transmitidas em cores. Vamos ver?

— Claro que sim! — respondeu, abraçando o religioso.

Naquela noite, conversaram por horas.

Anos mais tarde, quando Stéfano Veras contou esse relato em uma conferência internacional onde palestrava, o público presente, dos mais diversos países, riu sem parar. Ao final, o aplaudiram emocionados, em pé.

No outro dia, quando o sol começou a nascer, Stéfano Veras levantou e lembrou do conselho de sua mãe: "Mostre empenho, estude e trabalhe, essa será a sua maneira de vencer na vida". Limpou a casa, estranhou não precisar sair de botas, e sentiu um leve conforto em poder usar o mesmo calçado dentro e fora da residência. Varreu a frente da igreja e, quando já era quase 7 horas da manhã, padre Francisco acordou:

— Bom dia, garoto. Vejo que acordou disposto!

— Olá, padre. O que mais posso fazer para ajudar?

— Larga essa vassoura e vamos comer.

Café passado, salame, queijo colonial, presunto, pão de centeio, manteiga, nata e geleia. Stéfano Veras, abismado, olhava a mesa da cozinha. Sentiu uma sensação de felicidade: nunca tinha visto tamanha fartura em um café da manhã. Notando o que se passava, padre Francisco disse:

— Essa é uma das vantagens de ser um servo de Deus!

— Como assim?

— Os fiéis fazem questão de nos alimentar bem. Quem sabe, no futuro, pode também ser um de nós!

Meses atrás, Stéfano não imaginava sua vida fora da fazenda. Pensava tornar-se um homem do campo como seu pai, e encontrar uma companheira fiel para se casar, com o caráter de sua mãe. Analisou o ambiente limpo e silencioso em que estava, imaginou-se como um homem dedicado à fé cristã, e perguntou:

— E o que preciso fazer para ser padre?

— Antes de tudo, precisa acabar os estudos. Depois, para ser um padre culto, é necessário cursar a faculdade de Teologia e Filosofia...

— E daí já poderei ser padre?

— Não basta apenas estudo para ser um servo da Igreja Católica. Além de estudar muito, é necessário ter uma fé inabalável no Senhor. E acredite, às vezes presenciamos tantas mazelas que até o padre mais devoto fica em dúvida como um Deus todo poderoso permite determinadas coisas.

Desde criança, Stéfano Veras desenvolveu uma habilidade muito especial em ouvir e observar as pessoas sem julgá-las, e quem conversava com ele tinha a impressão de ser alguém bem mais velho. Tentando compreender a complexidade do que escutava, questionou:

— Pode me explicar melhor?

— Semana passada, por exemplo, estive em uma casa muito pobre de uma viúva com quatro filhos. O coitado do esposo morreu em um acidente de trânsito, um bêbado o atropelou e, não contente, ainda fugiu. As crianças vivem em uma condição de miséria, e, se não fosse pela Santa Igreja, estariam passando fome.

— Mas, então, por que Deus permite isso?

— Para tudo nessa vida existe um motivo. Talvez o Senhor tolere uma situação como essa para estimular a bondade daqueles que têm um bom coração.

— O senhor fala, às vezes, como se fosse os meus pais.

— Me explique melhor — interrogou o religioso.

— Eles sempre dizem que a coisa mais importante na pessoa é ter um bom coração.

— E o que mais eles falam?

— Antes de eu sair de casa, sempre insistiam que eu preciso estudar e trabalhar muito.

Mirando nos olhos do menino, padre Francisco entendeu a razão de ele ter acordado na madrugada e limpado a casa e a calçada da igreja. Naquele momento, teve a certeza de que estava diante de um ser humano que teria uma vida digna, e prosseguiu com o diálogo:

— Outra coisa que deve saber, se quiser ser padre, é que terás uma vida solitária. Como bem sabe, o padre não pode se casar.

Por um breve instante, o menino começou a pensar e imaginar como seria a vida de seu pai sem a companhia de sua mãe. A pequena certeza que minutos antes teve de que seria padre foi invadida por uma dúvida que o acompanhou por anos.

Trocaram de assunto, rezaram e começaram a desfrutar o café da manhã, para depois tomarem chimarrão.

Na frente da igreja tinha um belo lugar com incontáveis árvores, era o que os sepeenses denominaram Praça das Mercês. Os dois caminharam pela quadra que o lugar ocupava. Não precisou de muito tempo para o menino ver que a comunidade adorava o religioso, tanto que bastava poucos passos para que alguém interrompesse o trajeto. “Olá, padre! Por favor, me dê uma bênção”, “Bom dia, padre. Muito obrigado por ajudar o meu filho”, “Que Deus o ilumine, padre, por sua infinita bondade”. E assim as pessoas continuavam saudando e, em contrapartida, ouvindo palavras carinhosas de Francisco.

Ao voltarem para casa, o religioso fez um convite ao seu novo hóspede:

— Hoje, como eu te falei, a televisão irá transmitir a Festa da Uva a cores. Confesso que estou ansioso para ver. Entretanto, a nossa televisão só funciona em preto e branco.

— Não tem problema, padre.

— Calma. O prefeito da cidade é um grande amigo. Ele comprou um aparelho moderno, acredito que é o único da região. Que acha de irmos até a casa dele?

— O prefeito? — perguntou impressionado.

O homem mais importante que conheceu até então era o fazendeiro Cristóvão Alberto. Na escola aprendeu que o prefeito era a autoridade máxima de um município. Por sua origem simples, jamais, mesmo em seus sonhos, imaginou que um dia estaria diante de uma autoridade dessa envergadura.

— Sim, ele é um bom homem. Tenho certeza de que vai gostar dele.

O prefeito chamava-se Luiz Fernando, era um médico com 40 anos, calvo, outrora um jogador de futebol, o que fazia com que ainda conservasse um corpo atlético, com olhos verdes que transmitiam bondade. Vivia em uma casa de dois andares, com pátio e piscina. Ao entrar na residência, Stéfano Veras se impressionou com o que via.

— Sejam bem-vindos, meus amigos. Fique à vontade, Stéfano, ali na geladeira tem refrigerantes, pega quantos quiser.

"Meu Deus, o prefeito sabe o meu nome", pensou, alegre. Ainda abismado, procurou as palavras certas para responder.

— É uma honra conhecê-lo, dr. Luiz Fernando. Muito obrigado por me receber.

— A honra é minha! Tenho certeza que vai gostar de São Sepé. Essa cidade é boa demais para se viver. E aí, padre Francisco, vamos de vinho branco ou cerveja nesse calor?

— Pode ser os dois!

— É pra já, então! Uma taça de vinho e um chope para o nosso pároco predileto — falou ao empregado.

— Calma, dr. Luiz Fernando, estou brincando. Aceito só o vinho!

Os convidados esperaram aflitos a primeira transmissão a cores no país, e ficaram maravilhados ao verem as primeiras imagens.

— Onde esse mundo vai parar! — exclamou um convidado, vendo as belas mulheres gaúchas no desfile.

— Dá até vontade de ficar o dia inteiro em casa assistindo televisão — disse outro.

Hipnotizados com a nova tecnologia, permaneceram vendo o programa até o final. Instantes depois, um enfermeiro chegou na casa do prefeito:

— Olá, doutor. Desculpa interromper, sei que é sábado e o senhor não está de plantão, mas chegou uma emergência no hospital. A coisa tá feia, teve um acidente. O senhor poderia ajudar?

— Lógico que sim.

Ouvindo a conversa, padre Francisco ofereceu-se também para ir junto. Pediram que um funcionário levasse Stéfano até a igreja. No entanto, o religioso, sem pensar muito, convidou-o a acompanhá-los.

Quando chegaram, três pessoas feridas estavam deitadas em macas esperando atendimento. O outro acidentado, que estava em estado mais grave, já havia sido operado pelo médico plantonista. Dr. Luiz Fernando identificou o paciente mais enfermo e começou a medicá-lo.

Dentre os feridos havia uma criança, com cerca de 12 anos de idade. Aparentemente, tinha apenas pequenos cortes no braço e na cabeça. Stéfano Veras notou que o menino estava sozinho e sentou-se ao seu lado, perguntando:

— Como é o seu nome?

— Me chamo Feliciano, sabe como estão os meus pais?

— O médico já chegou, tenho certeza que ficarão bem. Meu nome é Stéfano, vou ficar contigo e qualquer coisa que precisar me avisa.

— Salve meu orixá, salve meus pais!

— Tem a mesma religião de um amigo meu, o nome dele é Velho Becca! – disse, com a esperança de que o conhecesse.

Nesse momento, um rapaz negro e forte com cerca de 18 anos, conhecido como Barba Preta, chegou. Era o mais jovem mestre de capoeira da região, com fama de brigador e truculento; seu rosto chamava a atenção devido a uma cicatriz que se estendia por todo o lado direito, proveniente de uma navalhada que recebeu de um militar do Exército em uma briga. Por isso, deixava a barba rala crescer, para ao menos disfarçar aquele vestígio.

— Alguém me diga onde está a minha família!? — gritou.

— Estou aqui, mano — respondeu Feliciano.

Ao enxergar um jovem branco de olhos azuis sentado ao lado de seu irmão, segurando sua mão como se fosse um parente próximo, experimentou um pequeno consolo.

— O que aconteceu?

— Um carroceiro cortou a nossa frente e batemos nele — respondeu, ofegante

— E como está se sentindo? — perguntou, ainda nervoso.

— O médico disse que ele teve apenas pequenos ferimentos — adiantou-se Stéfano — O dr. Luiz Fernando já está cuidando dos seus pais.

Dois homens mais velhos acompanhavam Barba Preta; segundo diziam, por conta de seus inimigos, ele nunca saía na rua sozinho. Não fazia isso por covardia, mas para demonstrar força e poder aos seus eventuais oponentes.

— O prefeito é meu amigo — disse Barba Preta confiante. — Sei que ele e os meus orixás irão salvá-los!

Horas depois, dr. Luiz Fernando voltou do bloco de atendimento. Parecia cansado, mas nem por isso tratou os familiares da vítima com menos respeito.

— Salve, meu rei! — disse Barba Preta.

— E aí, Barba. Tomei um susto quando vi que eram os teus pais! Não se preocupe que eles estão bem, e é claro que vão sobreviver.

— Oh, meu doutor. Nem sei como agradecê-lo, a você e ao seu filho que cuidou do meu irmão caçula!

— Meu filho? — perguntou, já o procurando.

— Sim, o Stéfano, ele ficou todo o tempo cuidando do Feliciano!

— Ele não é meu filho. É um rapaz que veio da zona rural. Padre Francisco o está ajudando, é de uma família humilde de trabalhadores do campo.

— Olha, esse moleque vale ouro. De longe já vi que ele tem bom coração.

Na mesma noite, Feliciano recebeu alta do hospital e, no outro dia, seus pais. Padre Francisco chegou a tempo de rezar a missa das 19 horas. Stéfano Veras o acompanhou e ajudou na cerimônia religiosa. Após a celebração, conversaram sobre os acontecimentos. O menino parecia estar gostando do seu novo estilo de vida.

No entanto, quando se deitou na cama em um silêncio absoluto, as lembranças da vida na fazenda começaram a invadir-lhe o pensamento. Rememorou todas as noites que rezava com os pais antes de dormir e experimentou, pela primeira vez na vida, uma solidão que sufocava a sua alma. Em meio às lágrimas que escorriam em sua face, ajoelhou-se diante da imagem de Nossa Senhora Medianeira e rezou em voz baixa: "Santo Anjo do Senhor, meu zeloso guardador, se a ti me confiou a piedade divina, sempre me rege, guarda, governa e ilumina. Amém."

Cerca de 40 quilômetros dali, Neuza e Antônio experimentavam a maior saudade de suas existências. Olhando um para o outro, não achavam palavras para descrever tal sentimento. Permaneceram abraçados mirando as estrelas de um céu límpido e escuro, e quando o desespero começou a atingi-los ficaram diante de um quadro de Jesus Cristo e rezaram duas ave-marias e um pai-nosso. Em meio à calmaria da vida do campo, pediram por proteção ao filho, momento em que viram um clarão no céu iluminar a noite.

— Olha lá, meu amor — disse Antônio, com os olhos marejados.

— Eu vi, isso é um sinal de que fizemos a coisa certa e os anjos vão cuidar do nosso menino — falou, abraçando-o. Experimentaram uma paz surpreendente que, segundo os ensinamentos dos mais velhos, somente as pessoas que nutrem a verdadeira fé podem alcançar.

Já no domingo, Stéfano Veras acordou antes do sol nascer e limpou a casa e também os arredores da igreja. Tomaram café da manhã, almoçaram e, pela tarde, padre Francisco rezou duas missas. Quando parecia que nada mais iria acontecer, dr. Luiz Fernando tocou a campainha:

— Boa noite, padre.

— Olá, meu caro doutor. O que devo a essa honra?

— O menino está aí? — perguntou.

— Claro — respondeu, chamando Stéfano.

— Boa noite, seu prefeito — disse o garoto, surpreso.

— Não quero que você se ofenda, mas te trouxe roupas que estão praticamente novas. Tenho aqui duas bermudas, três camisetas e esse tênis — disse, com a esperança de que servisse — Na verdade, já estão pequenas para o meu filho, e gostaria muito que ficassem com elas.

Stéfano Veras ficou emocionado. Os olhos brilharam ao ver vestimentas tão lindas e, antes de dizer qualquer palavra, abraçou o médico.

Tem certos momentos que se perpetuam na memória, seja por um ato bondoso, seja pela mais pura maldade. Nesse caso, a generosidade daquele homem, até ontem desconhecido para Stéfano Veras, estabeleceu um forte laço de amizade e admiração que se rompeu apenas com a morte do primeiro.

— Muito, muito obrigado mesmo. Que Deus sempre o proteja! — foram as únicas palavras que Stéfano conseguiu falar, enquanto continuava abraçado.

Emocionado, dr. Luiz Fernando beijou o rosto do religioso e se despediu.

O padre instintivamente pensou: “Como alguns homens podem ser tão perversos, e outros tão benevolentes, parece até que são de espécies diferentes", rememorando a visita que fez semana passada ao presídio, onde realizou a extrema-unção de um velho estuprador de crianças, que, mesmo diante da morte, sorriu ao padre e fingiu estar arrependido pelos seus incontáveis pecados.

No outro dia, começariam as aulas de Stéfano Veras. Preocupado de como seria, o religioso iniciou uma conversa:

— Está pronto para o novo colégio?

— Acho que sim.

— Quero que preste muita atenção no que vou falar. Está preparado para ouvir?

— Estou, sim.

— Você é um aluno brilhante, eu vi as tuas notas, tem uma inteligência aguçada, portanto, basta ter confiança em si mesmo. O resto é conversa fiada!

— Mas será que a escola aqui não é mais difícil? A professora Suilnira falou que tem uma sala para cada turma!

— Talvez seja mais difícil para quem não tenha disciplina com o estudo! Outra coisa, saiba que não basta a inteligência para se dar bem na vida.

— Mas o que mais precisa? — perguntou, curioso.

— Humildade, disciplina, coragem, força de vontade e bondade são valores essenciais, e isso você tem. Então, como eu disse e vou repetir: basta ser você mesmo. Não importa o que aconteça na tua vida, tanto no sucesso como nas desventuras, lembre-se desses valores.

Nos anos que se sucederam, Stéfano Veras nunca esqueceu aquela conversa e, sempre que precisou fazer uma escolha, o conselho que sempre lhe vinha era: "Lembre-se dos teus valores".

Enquanto clareava o dia, Stéfano Veras limpava a casa e os arredores da igreja. Após, tomou um rápido banho, vestiu a roupa que ganhou e, ao calçar o tênis, experimentou um conforto até então desconhecido, quando foi surpreendido por padre Francisco.

— Está feliz com o presente? — perguntou o religioso.

— Muito — respondeu, encabulado.

Desfrutaram o café da manhã, e juntos foram até a escola, que ficava a apenas uma quadra da igreja. Ao se aproximarem, o religioso falou:

— Olha quem veio te ver!

— Professora Suilnira — disse Stéfano, feliz.

— Vim fazer uma surpresa e te entregar em mãos o material escolar. Achou por acaso que perderia essa oportunidade? E ainda trouxe emprestada de uma amiga essa máquina fotográfica para registrarmos esse momento!

O menino se posicionou entre a professora e o padre. Foi a primeira vez que Stéfano Veras tirou uma fotografia.

Logo após, os dois levaram o garoto até a porta da sala de aula e se despediram.

CAPÍTULO VI
Escola nova, ameaças antigas

O novo colégio de Stéfano Veras chamava-se Madre Júlia, fundado em 1937. Em fevereiro do mesmo ano, em meio a uma chuva torrencial, quatro freiras chegaram em São Sepé vindas da cidade de Passo Fundo. Tinham a difícil missão de fazer funcionar um colégio, mesmo tendo recebido um imóvel praticamente sem mobiliário e em péssimas condições. Em menos de duas semanas, com a virtuosa ajuda do padre Clemente, conseguiram seis velhos bancos emprestados, três mesinhas e algumas tábuas. Após muito trabalho, no dia 1° de março deram início às aulas com 15 alunos, dando origem a um colégio pobre em sua fundação, mas que, com que o empenho das irmãs e da comunidade sepeense, evoluiu e transformou a vida de milhares de crianças.

Mesmo sendo uma escola particular, Stéfano Veras conseguiu matricular-se, graças à ajuda do padre Francisco, que conseguiu uma bolsa de 70%. O restante do valor, Cristóvão Alberto, sem a esposa desconfiar, fez questão de pagar à vista, não somente a quinta série que estava prestes a começar, mas todo o curso primário.

Tudo era novidade para o menino. A sala destinada à sua série era bem maior do que todo o colégio da fazenda. Tímido e um pouco assustado, acomodou-se em sua classe.

— Sejam todos bem-vindos — disse a educadora.

— Obrigado, professora — responderam no mesmo tom.

— Esse ano temos dois alunos novos. Por favor, digam seus nomes e se apresentem — falou a professora.

— Meu nome é Glaucia Schirmer, tenho 10 anos. Meu pai veio transferido de Santa Maria, ele será o novo gerente do Banco do Brasil — disse a aluna, com um ar petulante.

Em meio ao silêncio de Stéfano, a professora perguntou olhando para ele:

— E você?

— Me chamo Stéfano Veras, tenho 9 anos. É a minha primeira vez na cidade. Sempre morei em uma fazenda, onde meus pais trabalham.

A educadora falou um pouco sobre suas férias, e começou a aula de geografia perguntando:

— Alguém recorda qual é a capital do Equador?

— Quito — respondeu Stéfano, quase sem pensar.

— E a capital de Portugal?

— Lisboa — respondeu novamente.

— Nada mal, Stéfano — disse, impressionada.

No fundo da sala, Antero, um pré-adolescente que estava repetindo o ano e com fama de encrenqueiro, falou:

— Só que falta o coloninho dizer que conhece Lisboa também.

— Olha o respeito, Antero! — gritou a professora. — Uma palavra a mais e te expulso da aula. Se, em vez de criticar os colegas, tivesse estudado, não teria reprovado!

Passado o mal-estar, ouviram o sino bater e logo a educadora de geografia foi substituída por outra de língua portuguesa. "Meu Deus, temos uma sala somente para a turma e mais de uma professora", pensou, impressionado.

Ao meio-dia o sino tocou mais forte: era sinal de que a aula encerrou. Os mais de trinta alunos arrumaram suas coisas e começaram a sair. Cercado por tanta gente e barulho, Stéfano Veras sentiu um pouco de tontura. Arrumou seu material escolar e seguiu o fluxo dos alunos. Caso estivesse sozinho, certamente teria se perdido.

Quando estava na esquina do colégio, sentiu um empurrão.

— E aí, coloninho, qual é a capital lá da roça que você vive? — disse Antero, debochado, na companhia de outro garoto que parecia mais velho.

— Diga aí, sabichão — falou o segundo.

Stéfano Veras foi criado para não ser um covarde; observou que os dois estavam atrás dele e teve receio de reagir por conta de uma eventual punição na escola, mas, quando foi se defender, alguém foi mais rápido.

Barba Preta, seu irmão Feliciano e mais três homens observaram a saída do colégio sem serem notado por Stéfano, e quando Antero e seu amigo deram os primeiros empurrões, ele surgiu:

— O Barbinha aqui conhece a maldade. Viu só, Feliciano, o que apostei contigo?

— Tem razão — disse Feliciano, surpreso.

— Eu tinha certeza que isso ia acontecer! Um garoto de fora, vindo estudar em um colégio de grã-fino, óbvio que um valentão ia querer dar uma de bom. Mas agora eles vão ver! — Aproximando-se, disse aos dois rapazes: — Olha só que bonito, os valentões. Como é teu nome, almofadinha?

— Estava só brincando com o meu colega! — disse, acuado.

— Eu não perguntei que diabo está fazendo! — berrou em seu ouvido. — Eu perguntei qual é a porra do seu nome.

— Antero.

— Queria só brincar? É isso, valentão?

— Sim, eu estava só brincando com ele.

— Que bom, porque eu também vou brincar contigo. Acha que é malandro? Então toma essa, sangue bom! — disse, desferindo um golpe de capoeira que atingiu a ponta de seu nariz, que se esvaiu em sangue.

Nesse momento, o outro tentou correr e logo foi contido com um chute no pescoço.

— Que pressa é essa, malandrinho? Quero brincar contigo também!

Barba Preta e seus amigos deram mais algumas porradas em Antero e no seu companheiro e, antes de terminar a lição, gritou em seus ouvidos:

— Quero ouvir!

— Ouvir o quê? — perguntou Antero, em pânico.

— Ora "o quê?". A desculpa sincera, senão o bicho vai pegar e vou arrancar todos esses teus dentes.

— Desculpa, Barba Preta.

Nesse momento, deu mais um soco no estômago que lhe provocou náuseas.

— A desculpa é pro meu amigo!

Dominados pelo medo, ambos se desculparam arrependidos.

— Vou te dar a moral! Se chegar em casa e falar pro papaizinho que apanhou de mim ou falar o nome do Stéfano, já manda a tua família comprar o caixão. Entendido?

— Sim, Barba Preta — responderam os dois.

— Então sumam daqui! E se incomodarem o meu amigo de novo, a coisa vai ficar feia, seus merdas!

Os dois saíram correndo e, antes que Stéfano o agradecesse, Barba Preta sumiu com a rapidez e uma agilidade sobrenatural.

O boato se espalhou e, ao saberem que Stéfano Veras era protegido da gangue do Barba Preta e também amigo do prefeito, ninguém mais voltou a importuná-lo.

Apesar da saudade que sentia dos pais, foi um dos períodos mais felizes na vida de Stéfano Veras. Mesmo com uma rotina de estudo e afazeres domésticos, foi ganhando o respeito das pessoas que o cercavam.

Com a chegada do inverno, o frio instalou-se na cidade de São Sepé como um visitante indesejado que parecia não ir embora. Em um sábado que parecia ser como qualquer outro, acordou cedo, foi limpar os arredores da igreja e sentiu um vento gélido atingir-lhe o rosto. Virou-se de costas em sentido contrário para proteger-se, demorou parcos segundos, que pareceram eternos, a acreditar no que via: "Será que é a Veraneio do seu Cristóvão?", perguntou a si mesmo.

Surpreso, emocionou-se quando o veículo chegou mais perto e teve a certeza de que, além de que era a caminhoneta, enxergou seus pais no interior dela. Ao estacionarem, Stéfano Veras virou-se de frente para a igreja e fez o sinal da cruz agradecendo o inesperado.

— Meu filho, como você está bonito! — disse Neuza.

— Que saudade, meu Deus — falou Antônio, também fazendo o sinal da cruz.

Por minutos que pareceram uma eternidade, os três continuaram abraçados, olhando uns aos outros. "Trocaria toda a minha fortuna para ter um momento como esse!", pensou Cristóvão Alberto, experimentando uma mistura de compaixão e tristeza.

— Muito obrigado, seu Cristóvão — agradeceu Stéfano Veras, com os olhos embaçados.

Entraram na casa, Stéfano imaginou que padre Francisco ainda estaria dormindo e, mais uma vez, foi surpreendido com uma torta sobre a mesa e duas velas acessas que representavam a sua idade, 10 anos.

— Parabéns a você, nesta data querida, muitas felicidades, muitos anos de vida! — cantaram os quatro em ritmo alegre e contagiante.

— Parabéns, meu filho amado, assopre a vela e faça um pedido — falou Neuza.

De olhos fechados, deu um sopro forte e as pequenas chamas se desfizeram no instante em que o aniversariante desejou que momentos como aquele se repetissem, agradecendo a Nossa Senhora Medianeira por sua vida, e clamando a Ela que sempre protegesse seus pais.

Antônio e Neuza ficaram o dia com o filho, passearam e foram a lugares até então desconhecidos em São Sepé. Muito embora vivessem em uma fazenda não muito distante dali, fazia mais de uma década que não visitavam a cidade.

Ao se despedirem, Stéfano prometeu que faria de tudo para orgulhá-los, agradeceu Cristóvão mais uma vez e, emocionados, trocaram um último abraço.

No trajeto de volta para a vida rural, os três exalavam felicidade. Antes de chegar na sede da fazenda, Cristóvão estacionou o veículo na frente da residência do casal e os deixou:

— Muito obrigado, patrão. Que Deus lhe dê em dobro tudo o que faz por nós — disse Antônio.

— Nem sei como agradecer tamanha bondade, que a Nossa Senhora Medianeira lhe conceda muita saúde — falou Neuza, despedindo-se.

Ligou o motor da Veraneio e percorreu o curto trajeto até sua casa. Quando chegou, deparou-se com Eunice.

— Parabéns, Cristóvão! — falou em tom debochado.

— Parabéns pelo quê, mulher?

— Ora "pelo quê?". Levou os pais daquele infeliz na cidade e nem sequer me convidou!

Nesse momento, Herculano e Vicente ouviram os gritos da mãe e se aproximaram.

— Fazia meses que os pobres pais não viam o filho! — respondeu.

— Tá, e daí, qual é o problema?

— Como, qual é o problema, Eunice? Imagina você ficar meses sem ver os teus filhos.

— Era só o que me faltava, ouvir uma besteira dessas!

— Besteira? Olha o que está falando! Eles são pais, assim como nós.

— Nunca mais fale isso! — berrou, e atirou um copo de vidro no chão, que se espatifou. — Eles são empregados, e nunca serão nada mais do que isso! Eles nunca serão como nós! O pai de vocês é um idiota! — gritou mais uma vez, atirando um prato contra a parede.

A alegria, que outrora sentia, transformou-se em uma angústia que parccia bater lhe dentro da alma e, para evitar mais discussão na frente dos filhos, selou o cavalo e foi andar sem rumo. Cristóvão Alberto não sabia mais o que fazer.

CAPÍTULO VII
Um novo desafio

Os anos foram passando. Era um domingo, dia 14 de dezembro de 1975, e os gaúchos estavam em fervor. O Sport Clube Internacional jogaria a sua primeira final no Campeonato Brasileiro de futebol, e estava prestes a ser o primeiro time da Região Sul a conquistar o feito.

Uma parte dos sul-rio-grandenses era torcedora do Grêmio; outra, do Colorado; e não se falava mais nada que não fosse a partida final contra o Cruzeiro de Minas Gerais.

Padre Francisco e Stéfano Veras eram torcedores do Internacional e tinham certeza de que a equipe formada com craques como Figueroa, Falcão e Paulo Cézar Carpegianni sairiam vitoriosos. No entanto, enfrentavam um excelente time, e o jogo foi disputado do início ao fim.

— Apita o final de uma vez, seu juiz — falou o religioso, agarrado em um terço, enquanto rezava sem parar.

E quando o árbitro encerrou o jogo com o placar de 1 a 0 a favor do time gaúcho, a cidade de São Sepé, como todos os demais municípios do Rio Grande do Sul, ensurdeceu-se pelo barulho dos foguetes.

— Pega a bandeira, Stéfano, e vamos para a passeata.

Abraçados no manto vermelho, os dois subiram na traseira de uma antiga caminhoneta conduzida por um vizinho que buzinava sem parar pelas ruas da cidade.

Ficaram até tarde da noite ovacionando os craques colorados, que com uma campanha vitoriosa de 19 vitórias, 8 empates e 3 derrotas, 51 gols a favor e 12 contra, consagraram-se como a primeira equipe gaúcha campeã brasileira de futebol.

No outro dia, Stéfano Veras acordou, como sempre, ao nascer do sol. Limpou a casa e, quando saiu e vislumbrou as árvores da Praça das Mercês chacoalharem lentamente com a brisa quente que soprava, experimentou uma sensação de nostalgia.

Com o final do ano letivo, Stéfano terminou o ensino primário. Estava prestes a se mudar, mas teve vontade de desistir de sua empreitada: aprendeu a amar tanto a cidade e principalmente o povo sepeense, que chegou a pensar nesta hipótese. Sabia que, se continuasse a residir ali, seria um homem feliz.

No entanto, em seu íntimo, sabia que precisava perseguir o seu sonho, e isso se daria através dos estudos. Por instantes, sentou-se na calçada e ficou apreciando a paisagem, como se estivesse hipnotizado. Os pássaros voavam e pousavam nas árvores e arbustos. O silêncio daquela manhã foi rompido pelo cricrilar de um grilo. Teve a certeza de que vivera por esses anos em um lugar mágico. A saudade desses momentos certamente perpetuaria em seu coração, mas nada comparado às primeiras semanas que passou longe dos pais. Isso o estava tornando um jovem mais forte.

Logo, sentou-se para desfrutar o café da manhã com padre Francisco.

— Vejo que sentiremos falta daqui, Stéfano! — disse.

— Claro que sim. O senhor tem certeza de que irá embora?

— A decisão já está tomada e não posso mais voltar atrás.

— Mas o senhor não precisa estudar mais como eu, então por que razão está indo?

— No entanto, você precisa. Quero te ver doutor. Além do mais, o bispo em pessoa pediu para eu assumir uma tradicional paróquia em Santa Maria. Então, quando Deus coloca em sua frente duas missões ao mesmo tempo, não podemos renunciar.

Os anos vividos juntos fizeram com que padre Francisco aprendesse a amar Stéfano Veras como um irmão caçula. Sabia que o menino era inteligente demais e merecia dar continuidade aos estudos. Por isso, decidiram mudar de cidade, onde pudesse cursar o segundo grau em uma instituição que o preparasse para ser aprovado em uma graduação. Articulou a mudança para a maior cidade da região, que tinha uma famosa universidade.

Emocionado com tudo o que se passava, o jovem Stéfano Veras prosseguiu no diálogo.

— Pode ter certeza de que não vou decepcioná-lo! — falou, mirando em seus olhos.

— Vamos tomar café de uma vez, logo o Cristóvão vai chegar e te levar para a casa de teus pais. Aproveite os dias por lá!

Nesse momento, os dois ouviram a buzina da caminhoneta. O fazendeiro parou em frente à casa de Deus e fez o sinal da cruz de forma silenciosa. Tinha a feição de um homem abatido, mas sorriu ao ver padre Francisco:

— Bom dia, padre. Estou triste e feliz ao mesmo tempo!

— Como assim?

— Triste porque o senhor vai nos deixar; mas feliz porque vai acompanhar o Stéfano!

— Jamais vou deixá-lo, sempre vai morar em meu coração e estará presente em todas as minhas orações. Não tenha tanta pressa, tome um café conosco.

Por quase trinta minutos conversaram. Mesmo que sofresse, o fazendeiro nunca falava uma única palavra sobre a esposa e os filhos; era visível que suportava o fardo calado e de forma solitária.

A estrada até a fazenda, outrora esburacada e precária, estava em situação bem melhor. O prefeito dr. Luiz Fernando empenhou-se e conseguiu melhorar as condições do trajeto; principalmente depois de um incidente que fez uma ambulância capotar, terminando de matar um paciente que havia sido ferido pela guampa de um touro, e estava sendo transportado para a cidade em estado grave.

Menos de uma hora depois que partiu da frente da igreja, Cristóvão Veras estacionou a Veraneio na casa de Antônio e Neuza, que já o esperavam.

— Olha quem chegou! — disse Neuza, beijando-lhe o rosto.

— Seja bem-vindo, meu filho — falou o pai. — Por favor, patrão, desça e tome um chimarrão com a gente.

— Muito obrigado, Antônio, preciso vacinar uma leva de gado. Fiquem com Deus — disse, despedindo-se.

Cristóvão Alberto chegou na sede da fazenda, estacionou a caminhoneta e montou em seu cavalo, que um peão acabava de selar. Ao cavalgar na imensidão de suas terras, tentava entender em vão o motivo de um homem tão rico e trabalhador como ele não ter o mesmo carinho dentro de casa como tinham as pessoas que serviam a ele. Trabalhou no campo até o sol se pôr e evitou conversar com a esposa ao chegar.

Enquanto isso, Antônio, Neuza e Stéfano partilhavam um chimarrão e conversavam sobre os últimos acontecimentos. O fazendeiro deu-lhes o dia de folga para ficarem com o filho.

— Temos muitas novidades para te contar.

— O que foi que aconteceu, mãe?

— A tua amiga Onira está noiva e vai se casar com o neto do Velho Becca.

— Mas, mãe, ela só tem 15 anos! — respondeu, impressionado.

— O amor não tem idade, ela está muito feliz. O futuro noivo é um homem muito trabalhador.

— O que ele faz?

— É o melhor domador de cavalos da região, além de trabalhar muito bem no campo e na plantação — respondeu Antônio.

Muito embora as notícias eram de que a amiga estivesse feliz, experimentou uma espécie de tristeza, por saber que ela tinha inteligência e força de vontade para conseguir uma vida diferente; sentiu também uma pontada de culpa por ter sido mais afortunado do que ela nesse aspecto.

— E a racista da Eunice, continua incomodando? — perguntou Stéfano.

— Está mais maluca do que nunca! Pobre do patrão, não sei como um homem tão bom tem uma mulher dessas — respondeu Neuza.

— E os filhos dele?

— O Vicente passa a maior parte do tempo em casa, nem imagino o que faz! O Herculano ajuda no serviço do campo, mas nenhum de nós faz questão de trabalhar com ele — respondeu, decepcionado, Antônio.

— Por qual razão? — questionou, curioso.

— Ele é perverso com os animais! O pobre do cavalo que monta recebe relhadas a todo tempo, e, quando o pai dele presencia, já começam a brigar, mesmo na frente de todos.

Por duas semanas Stéfano Veras ficou com seus pais. No início, estranhou a falta de água encanada e energia elétrica, mas o carinho e aconchego eram muito mais importantes do que qualquer tecnologia. Foram dias felizes. Despediu-se da vida do campo e prometeu voltar.

Ao entrar na Veraneio, rememorou a primeira vez que andou em um veículo e novamente presenciou a poeira da estrada cobrir a imagem das pessoas que abanavam. Chegou em São Sepé e arrumou seus parcos pertences enquanto esperaram dr. Luiz Fernando.

Mais de uma dúzia de amigos foram despedir-se dos dois. A mais emotiva era a professora Suilnira. Até mesmo Barba Preta, que não gostava de sentimentalismo, precisou fazer força para não demonstrar emoção na frente dos outros:

— Jamais vou esquecer a maneira que tratou o meu irmão!

— Faria isso de novo, Barba. Vocês são meus amigos — respondeu Stéfano.

Logo o médico estacionou um carro modelo Corcel, de cor vermelha, na frente da igreja. Padre Francisco deu a última bênção nas pessoas que por ali se encontravam, entraram no veículo e foram embora. O trajeto até a cidade de Santa Maria era de um pouco menos de 60 km, porém a estrada era asfaltada e em menos de uma hora chegaram.

Era a primeira vez que Stéfano Veras conhecia outra cidade que não fosse São Sepé, ficando impressionado com a altura dos prédios e a quantidade de carros que transitavam pelas vias, mas o que mais lhe chamou a atenção era a casa onde iria residir, bem de frente para uma avenida.

— Sejam bem-vindos à minha cidade natal — disse dr. Luiz Fernando.

— Não sabia que o senhor tinha nascido em Santa Maria. Sente falta daqui? — perguntou Stéfano.

— Prefiro muito mais São Sepé! — respondeu, já com saudade. — Mas Santa Maria é uma grande cidade, principalmente para aqueles que têm a intenção de entrar na universidade.

— É verdade que vai te candidatar a deputado estadual? — questionou padre Francisco, mudando o rumo da conversa.

— Se eu me eleger, vou precisar morar em Porto Alegre, pelo menos durante a semana...

— Então é verdade? — interrompeu o religioso.

— Lógico que não, nunca vou abandonar São Sepé, mesmo que seja pelos dias da semana. Amo as pessoas de lá e não suportaria ficar longe! — Enquanto descarregavam as malas, perguntou a Stéfano, apontando para uma delas: — Aquela bagagem é tua?

— Não — respondeu.

— Dá uma olhada mais de perto, acho que pode ser tua — insistiu.

— Tenho certeza de que não é, a minha é só essa.

— Então pode abrir essa mala para mim? Talvez seja uns equipamentos médicos que perdi.

— Claro que sim, doutor.

Ao ver o que tinha dentro, ficou pasmo e, antes que pudesse pronunciar uma única palavra, sentiu um abraço do amigo:

— Desta vez as roupas não são usadas. Eu e o padre Francisco que escolhemos. Espero que goste!

— Minha Nossa Senhora Medianeira, muito obrigado. Nem sei como agradecê-los!

— Continue apenas sendo um bom aluno, que em breve seremos colegas — disse dr. Luiz Fernando.

A afirmação de que seriam colegas ecoou por um bom tempo na memória de Stéfano, tornando-se um sonho que ele descansaria apenas ao alcançá-lo.

No final de fevereiro de 1976, Stéfano Veras começou a cursar o segundo grau e, mesmo diante do tamanho da nova igreja, antes da aula limpava o interior da residência e depois a calçada, da mesma maneira que fazia em São Sepé. No início estranhou o barulho dos carros e o movimento provocado pelo grande número de pessoas que circulavam pelas calçadas, porém em semanas acostumou-se.

Anos mais tarde, quando padre Francisco já era um renomado religioso, e em uma de suas aulas, ao ser questionado por um seminarista, qual era o segredo para um ser humano superar as adversidades, respondeu: "É imprescindível ter uma fé inabalável em Deus, mas somente isso não basta." Abismados com a resposta do famoso padre, o estudante insistiu na pergunta, um tanto decepcionado: "Mas se o amor ao Senhor não basta, o que mais é preciso?" Em meio ao silêncio da plateia que esperava apreensiva a resposta, padre Francisco tomou um pouco de água, fez uma pausa, deixando-os ainda mais curiosos, e disse: "É necessário ter um sonho, acreditar em si mesmo e ter disciplina para alcançá-lo." E, ao contar a trajetória de um jovem que na década de 1970 foi morar com ele, que sequer conhecia energia elétrica e assustou-se ao ver a água sair do chuveiro, foi aplaudido em pé pelos seminaristas.

Os três anos do segundo grau passaram rápido. No último semestre das aulas, padre Francisco proibiu Stéfano de limpar a igreja, e pediu para ele se dedicar somente ao estudo. Tão logo terminaram as aulas, começaram as provas de vestibular.

Era um dos períodos mais esperados; a cidade se enchia de vida e todos aguardavam o resultado que seria transmitido pela rádio. Não era à toa que Santa Maria era conhecida como "cidade universitária". No instante em que o radialista lia o nome dos aprovados, ouviam-se buzinas e fogos de artifício ruas afora.

Padre Francisco, agarrado em um terço, sintonizou seu rádio a pilhas, dr. Luiz Fernando chegou com a imagem da Nossa Senhora Medianeira, e Stéfano Veras perdeu-se nas contas de quantas orações já havia rezado.

Medicina era o curso mais concorrido e o mais aguardado, a chamada se daria por ordem alfabética e não por colocação. Ao ouvirem o radialista anunciar os futuros médicos, os três silenciaram. Assim, começou a ler a lista dos aprovados:

— Amanda Silva, Bernardo Correa… Rafaela Martins, Rodrigo Santos, Sandro Tramount, Stéfano Veras…

— Nós conseguimos! — gritou Stéfano, chorando.

— Você conseguiu — respondeu Luiz Fernando.

— Obrigado, Senhor — falou padre Francisco olhando para o céu, como se Deus também estivesse olhando para eles.

Abraçados, os três pularam e comemoraram. Foi o momento mais feliz na vida de Stéfano e, toda vez que passava por dificuldades, rememorava o dia que ouviu pela primeira vez seu nome em uma rádio, e com essa lembrança conseguia forças para prosseguir.

Em São Sepé, Barba Preta organizou uma pequena passeata com os capoeiristas, gritavam em cima dos carros e uns pilotavam as motocicletas em pé, exibindo sua agilidade. Eram cerca de quinze homens, mas, pelo barulho que produziam, dava a impressão de serem cinquenta. E quando viraram uma esquina, Feliciano presenciou Antero sentado no banco de uma praça, mexendo com duas jovens garotas. Fez questão de parar o fusca pérola que dirigia.

— E aí, marica, não vai comemorar? — perguntou, mostrando um canivete que portava na cintura.

— Não estou sabendo.

— Olha a falta de respeito com o teu mestre! — gritou.

— Juro que não estou sabendo! — respondeu, amedrontado.

— O Stéfano passou no curso de Medicina, enquanto você ainda não aprendeu a ler, seu merda — berrou, mirando nos seus olhos e apreciando o medo que exalava de suas feições.

— Que legal — respondeu, com uma mistura de inveja e pânico.

— "Que legal"?! Para com a porra desse fingimento, seu analfabeto.

— Mas estou falando a verdade…

— Então, se acha legal, vai nos seguir na passeata e, se eu te ver um instante sequer não gritando o nome do Stéfano, vou te arrancar os dentes. Entendeu?

Antes que a pequena passeata recomeçasse, Antero havia deixado as meninas em paz e já gritava o nome de Stéfano, apressando os passos para não ficar atrás dos carros e motocicletas que se deslocavam lentamente.

Na fazenda, a rádio perdeu a sintonia, então ainda não sabiam que Stéfano fora aprovado. Uma hora depois do resultado, o sinal voltou e a rádio local começou a divulgar os nomes.

Cristóvão Alberto liberou os empregados do trabalho, e foram esperar o resultado na casa de Neuza e Antônio. Velho Becca foi o último a chegar, sua camisa cinza repleta de gotas de sangue. Fez a oferenda de uma galinha em nome da religião, e falou:

— Não se preocupem!

— Mas o que houve, Velho Becca? — questionou o fazendeiro, impressionado com o sangue que também tinha no rosto.

— O Stéfano foi aprovado!

As pessoas começaram a gritar de felicidade, mas Cristóvão pediu silêncio, interrompendo a euforia, e perguntou:

— O senhor conseguiu ouvir na rádio?

— Não preciso dessa tal de rádio, foi o próprio Exu que me falou!

Os irmãos de religião não duvidaram e voltaram a comemorar, enquanto os outros precisavam da confirmação do resultado. Minutos depois, a transmissão voltou a divulgar o nome dos aprovados no listão do vestibular da Universidade Federal de Santa Maria. Exceto o Velho Becca, que já sabia do resultado por conta dos orixás, até mesmo os outros adeptos do candomblé demonstraram nervosismo. E, quando ouviram o nome de Stéfano Veras, explodiram de alegria.

— Meu filho vai ser médico! Meu filho vai ser médico! — gritava Neuza, segurando a imagem da Nossa Senhora Medianeira.

— Ele conseguiu! — disse Antônio, olhando para o céu e agradecendo a Deus.

— Eu disse que o próprio Exu já tinha sussurrado isso no meu ouvido — falou Velho Becca e, nesse momento, até os incrédulos se impressionaram.

Cristóvão Alberto e mais dois peões abriram o porta-malas da Veraneio e tiraram uma caixa com dezenas de fogos de artifício. E quando todos pulavam e agradeciam aos céus, de acordo com a diferente religião que acreditavam, o barulho estrondoso produzido pelos foguetes começou a explodir no céu.

Nesse momento, o fazendeiro ordenou que acendessem o fogo para o churrasco e, enquanto espetavam a carne, ouviram um grito:

— Me ajudem, a bolsa estourou! Acho que vou parir — clamou Onira, com os dentes rangendo pela dor.

Neuza Veras a acudiu e os homens a levaram para dentro de casa. A parteira pediu água quente e panos limpos. Emocionado, Velho Becca falou:

— O meu amigo Exu sempre me surpreendendo. Já que veio falar comigo, podia ter me avisado que vou ser bisavô!

Os gritos de Onira não foram capazes de suspender a festa. Sabiam que estavam diante de uma grande parteira, e continuaram a comemoração com ainda mais euforia.

Instantes depois, os berros de dor foram substituídos pelo choro forte de um recém-nascido.

— Ela é menina — falou Neuza, em voz alta para todos ouvirem, e entregou a filha nos braços da mãe.

Onira abraçou-se na filha, o instinto maternal que experimentou parecia ser algo sobrenatural. Encantada, observando a perfeição da criança que pariu, conseguiu reunir forças para falar:

— O nome dela será Stefania, em homenagem ao meu amigo que, em breve, será médico.

Ao ouvirem o nome dado à criança, os empregados da fazenda comemoraram ainda mais, e lançaram mais foguetes ao céu.

Um pouco distante dali, Eunice caminhava de um lado para outro enfurecida. Desde que acordou, não tinha sequer um empregado na casa, e cada estouro produzido pelos fogos de artifício aumentava sua raiva.

— O que deu na cabeça do pai de vocês? — perguntou aos filhos.

— Olha, mãe, o Stéfano deve ter passado para ser médico — disse Vicente.

— Como "passado para ser médico"? Te explica melhor.

— Eu vi os peões falando ontem que o pai ia fazer uma festa caso ele fosse aprovado em Medicina.

— Quer dizer que um empregadinho vai ser médico, enquanto vocês não tiram a bunda do sofá! — desabafou.

— Mas, mãe, foi a senhora que insistiu pra gente não estudar! — disse Vicente, ressentido.

Tentando encobrir a vergonha por não ter prosseguido nos estudos, Herculano mudou de assunto.

— Acho que o Vicente está mais uma vez errado!

— Como assim? Então o que o pai de vocês está aprontando? — perguntou, exalando ódio.

— Deve ser o filho da Onira que está prestes a nascer!

— Quando salta o corvo?

— Que corvo, mãe? — questionou Vicente, sem entender nada.

— Ora, "que corvo", seu idiota! Estou perguntando quando nasce o filho daquela negra.

Ao ouvir a expressão da mãe, Herculano começou a rir e imitar um corvo voando, e fez com que Eunice sorrisse depois de muito tempo. Vicente apenas observava a cena, sem saber como reagir.

***

Semanas depois de Stéfano ser aprovado no curso de Medicina, padre Francisco teve um convite de Roma para estudar a prática do exorcismo. Seria um dos poucos religiosos do país a estar apto a combater a possessão demoníaca, que os estudiosos consideravam como o maligno em sua pior forma, a verdadeira face do mal.

Stéfano soube tempos mais tarde, ao ouvir relatos de assombrações por um paciente, que somente homens abnegados como Francisco poderiam ser admitidos nesse curso.

O cardeal que sugeriu o nome do padre gaúcho ao Vaticano tinha ciência de que, no momento em que o diabo começa a lutar contra o exorcista, uma das primeiras coisas que faz é procurar os pecados mais secretos em seu oponente. Contudo, o cardeal afirmou que nem mesmo o próprio demônio encontraria nada, uma vez que conhecia o caráter bondoso do novo aprendiz.

Antes que iniciasse as aulas de Stéfano, padre Francisco partiu para a Itália. Poucos souberam o verdadeiro motivo da sua viagem, uma vez que esse era um assunto que a Igreja Católica mantinha o maior sigilo, e a população santa-mariense despediu-se de seu padre acreditando que ele faria uma espécie de pós-graduação em Teologia. Dos amigos, somente Stéfano Veras e dr. Luiz Fernando souberam a verdade, e então despediram-se.

— E eu achando que a minha missão de curar os doentes era importante...

— Tem uma das funções mais nobres que um homem possa ter, meu caro amigo — respondeu.

— Mas nem se compara a de combater demônios!

— Aí é que você está enganado...

— Como assim? — perguntou.

— O diabo se alimenta das fraquezas dos seres humanos. Imagina o mundo sem médicos, como acha que seria?

Por um instante, dr. Luiz Fernando imaginou como seria essa realidade, e respondeu:

— Creio que seria um caos!

— Exatamente! — disse o religioso, e complementou: — O mal se abastece do caos, portanto um médico humano como você é, na verdade, quem impede que o demônio se manifeste.

Impressionado com a conversa, o jovem Stéfano Veras se intrometeu:

— Para alguém que se assustou ao ver um chuveiro ligado, ainda não tenho coragem de enfrentar esse tal de demônio.

E os três riram por minutos. Padre Francisco foi até o aeroporto Salgado Filho, em Porto Alegre, e embarcou em uma aeronave rumo a Roma. Era a primeira vez que entrava em um avião e, quando decolou, precisou agarrar-se em um terço e rezar até que o medo desaparecesse.

Na outra semana, as aulas de Stéfano Veras começariam. Os alunos carentes da universidade tinham o direito de morar na casa dos estudantes. Entretanto, ao ver a precariedade dos aposentos, dr. Luiz Fernando e Cristóvão Alberto alugaram uma quitinete e acordaram custear todas as despesas até que ele se formasse.

Os anos passaram ainda mais depressa. As recordações dos tempos felizes em que morou na igreja sustentaram Stéfano durante aquele período, no qual estudava por inúmeras horas a cada dia, com dedicação extrema.

Stéfano Veras formou-se com honras, cursou residência, fez um mestrado em São Paulo e, quando surgiram vários convites de trabalho Brasil afora, surpreendeu seus professores ao escolher voltar para Santa Maria. Estudou anos com afinco até tornar-se um excelente médico-cirurgião.

Ao lhe perguntarem o motivo de não aceitar o convite feito por um hospital de Fortaleza, que o remuneraria em dólares, respondeu:

— O dinheiro compra muitas coisas, mas não compra o amor que sinto por meus pais e pelas pessoas que me ajudaram! Devo muito àquela terra, e pretendo retribuir com o meu trabalho.

Convencido de que não faria o médico trocar de ideia, o diretor do hospital respondeu:

— Se todos os médicos agissem assim, as pessoas gozariam de mais saúde!

A fama de ser íntegro e competente o precediam, e Stéfano Veras voltou de São Paulo com muitos admiradores. Ao chegar em solo gaúcho, foi recebido pela família e por diversos amigos. Teve certeza de ter feito a escolha certa!

CAPÍTULO VIII
A vida adulta

Era sexta-feira, dia 2 de outubro de 1992. Stéfano Veras teve um dia exaustivo: enquanto o sol nascia, já realizava a primeira cirurgia e logo após atendeu inúmeros enfermos em estado grave.

Retornou para casa antes que a noite escurecesse o horizonte. Na sacada da cobertura onde residia, experimentou uma fraca brisa atingir-lhe o rosto. Adorava a temperatura daquela época do ano. No entanto, o que mais apreciava era a floração das plantas: a primavera em Santa Maria deixava as árvores com um aspecto vívido, os ipês-amarelos alcançavam o auge de sua beleza, o que parecia alegrar não somente os jardins, mas também as pessoas.

Observou a paisagem até a penumbra impedir a visão que tinha das pequenas montanhas que rodeavam a cidade e iniciou uma leitura. Adquiriu esse hábito no mestrado, quando um sábio professor lhe ensinou que a boa literatura era capaz de aumentar o raciocínio, funcionando como um verdadeiro remédio para o espírito: "Se os seres humanos tivessem a cultura fornecida pelos livros, teríamos um povo mais consciente e com menos conflitos", rememorou as palavras do mestre.

Abriu a obra da jornalista e escritora ucraniana Svetlana Aleksiévitch, intitulada *Meninos de zinco*, que retrata a guerra da extinta União Soviética contra o Afeganistão, e reiniciou a leitura na página 251:

> *(...) No cemitério todos estavam calados, havia muita gente, mas todos calados. Eu estava com uma chave de fenda, não conseguiram tirá-la de mim:*
>
> *— Me deixem abrir o caixão... Me deixem ver meu filho... — Queria abrir o caixão de zinco com a chave de fenda.*
>
> *Meu marido tentou se matar: "Não vou conseguir viver. Desculpe, mãe, não vou mais viver".*
>
> *Consegui convencê-lo do contrário (...)*

O nome dado ao livro referia-se aos caixões de zinco em que os jovens soviéticos mortos retornavam para casa, e comoveu-se ao descobrir que nessa malsucedida e inexplicável guerra, que perdurou entre os anos 1979 e 1989, cerca de quinze mil jovens soviéticos voltaram sem vida nesses desprezíveis ataúdes. As obras da famosa escritora foram tão reais e bem escritas que lhe renderam o Prêmio Nobel de Literatura em 2015.

Por mais de uma hora, continuou a leitura, impressionou-se com os relatos da guerra e, ao cansar os olhos, ligou a televisão. Na época, o Brasil tinha poucos canais, e a principal emissora transmitia notícias estarrecedoras de um massacre em um presídio denominado Carandiru, localizado em São Paulo.

Conforme o apresentador, 111 presos foram mortos. Abismado, o médico pensou: "Pelo amor de Deus, o que aconteceu? Creio que é nesse presídio que o meu colega Drauzio Varella presta serviços humanitários!"

O noticiário dava detalhes cruéis. O Brasil começava a mergulhar em um caos gerado pela violência, fruto de políticas públicas desastrosas. A incompetência em combater a criminalidade era tão avassaladora que, em um futuro próximo, a violência urbana causada pelas guerras de facções mataria, em apenas um ano, quase quatro vezes mais do que a guerra do Afeganistão matou soldados soviéticos em uma década. Assim, o país famoso pelo carnaval e pelo futebol tornar-se-ia a nação do mundo com mais números de homicídios em determinados períodos.

Coincidência ou não, nesse mesmo ano de 1992, o presidente Fernando Collor sofreu processo de impeachment por conta de um forte esquema de corrupção. O homem que se elegeu com a promessa de caçar os marajás confiscou o dinheiro de milhões de brasileiros trabalhadores, para então roubá-los.

Entristecido com o massacre e com as desigualdades sociais que cansava de presenciar, Stéfano Veras foi dormir. No outro dia, mesmo sendo sábado, chegou cedo ao consultório.

— Bom dia, doutor — falou a secretária.

— Olá, bom dia — respondeu, educado.

— A agenda está cheia hoje, mas a sua namorada pediu para não esquecer que vocês têm um evento social pela noite.

— Puxa vida! — respondeu. — Detesto esses jantares!

— A vida não é só trabalho, doutor. E a sua namorada é uma mulher linda. Vê se aproveita um pouco.

— Pode mandar passar o primeiro paciente — falou, mudando o rumo da conversa.

Stéfano Veras estava com 30 anos. Com cabelos escuros lisos que contrastavam seus olhos azuis e um corpo bem-definido, que herdara dos anos trabalhados no serviço braçal, davam-lhe uma beleza quase estonteante.

Enquanto ainda pensava no massacre ocorrido em São Paulo, notou um homem com um pouco mais de 60 anos entrar em sua sala com um revólver na cintura. O susto não foi maior pois estava trazendo uma senhora que parecia passar mal.

— Por favor, doutor, salve minha mãe! — disse, assustado.

O homem armado, que até então jamais tinha visto, transmitia um aspecto de medo e preocupação.

— Calma, por favor, sentem-se. — Esperou os dois acomodarem-se na cadeira, e reiniciou a conversa: — O que a senhora está sentindo?

— Uma dor no peito, parece que vou enfartar!

— Ela tem problema de pressão alta, meu pai já faleceu disso. Por favor, doutor, não posso perder a minha mãe!

O médico aferiu a pressão, identificando que estava com 190x90mmHg, e perguntou ao filho:

— A tua mãe tem alguma alergia a medicamento?

— Não tem, doutor. O estado é grave? — perguntou.

— Confia em mim, vou salvá-la!

— Se fizer isso, saiba que terá a minha eterna gratidão.

— Quem a salvou foi você!

— Como assim?

— Depois te explico, agora vou medicá-la e providenciar a internação. Fica tranquilo que vai dar tudo certo.

Às pressas, Stéfano Veras ministrou os medicamentos, chamou uma ambulância e pediu à secretária que providenciasse um leito, com urgência. Ao ver o filho agarrar-se em um terço e começar a rezar, olhando uma imagem de Nossa Senhora Medianeira, tentou acalmá-lo:

— Ela também é minha santa, e nunca me abandonou nos momentos decisivos. Sua mãe será internada, e logo mais estarei no hospital. Agora preciso que acompanhe os socorristas.

— Muito obrigado, doutor — respondeu, apavorado.

Depois do atendimento, o médico pediu à secretária que monitorasse o estado de saúde da paciente e o lembrasse de visitá-la quando fosse ao hospital.

Continuou trabalhando até meio-dia, saiu para almoçar e logo retomou as consultas. Ao se despedir do último paciente, preparou-se para ir ao hospital. A secretária chamou-o com um aspecto assustador.

— O que foi que aconteceu? — questionou, imaginando que seria outro caso de emergência.

— É que chegou um homem com um olhar aterrorizante!

— Me explica melhor — disse, pedindo que se acalmasse.

— Ele está com as mãos sangrando...

— Senta e me conta — interrompeu o médico.

— Parece que brigou, ele deve ter socado muito alguém pelo tipo de lesão, fora uns cortes que tem nos braços.

— Encaminhe ele ao pronto-socorro.

— Não, doutor, ele pediu especialmente pelo senhor

— Hum. Ele está reclamando de dor?

— Não, foi isso que me assustou. Parece estar feliz com os cortes...

— Que mais ele falou? — perguntou, já imaginando quem era.

— Ele é louco...

— Por quê? — interrompeu, com uma risada sarcástica.

— Quando questionei se ele tinha convênio médico, me disse que o convênio era a amizade que tinha com o senhor. Meu Deus, quem é esse homem? Ele tem um aspecto assustador e está com uma faca na cintura.

— Que saudade, meu amigo! — gritou Stéfano. — Entra aí, Barba Preta!

Sem entender nada, a secretária saiu o mais rápido que pôde da sala em que o médico atendia, enquanto gotas de sangue caíam no chão.

O mestre de capoeira parecia não envelhecer. A enorme musculatura e as diversas cicatrizes moldavam seu corpo de lutador, que contrastavam com seus dentes tortos e separados.

— E aí, doutor Stéfano…

— Por favor, deixa o "doutor" pra lá, continuo sendo só o Stéfano.

— Vejo que você não perde as origens mesmo! — respondeu, orgulhoso.

— Me conte o que aconteceu.

— Pois é, estava em uma roda de capoeira agora. Estava tudo tranquilo, até um desafeto aparecer.

— Pelo visto, ele era bom de briga! — afirmou, apontando para os cortes.

— Não era nada…

— Então como ele te machucou assim?

— Vieram mais dois comparsas. Fiz questão que ninguém da roda se metesse. Precisava me exercitar um pouco. O que estava armado, eu quebrei os dentes, e ainda lucrei essa faca que está comigo — respondeu, mostrando-a.

— Como lucrou? — questionou.

— O desgraçado puxou essa faca, me cortou porque eu estava lidando com os outros dois, mas depois ele se deu muito mal — falou aos risos. — Confesso que gostei desses cortes, vão me deixar ainda mais charmoso. — Abriu um sorriso ainda maior, exibindo a imperfeição dos dentes.

Stéfano Veras perdeu alguns minutos fazendo curativos e lhe deu remédios para evitar infecção. Enquanto observava os cortes, impressionava-se ao ver que seu velho amigo não expressava nenhuma reação de dor e, antes de se despedir, prosseguiu na conversa:

— Como está o Feliciano?

— Está bem, dentro do possível. Vai passar uns meses no hotel.

— Hotel? Como assim?

— Expressão nossa, Stéfano, desculpa você não está acostumado com isso. Ele vai ficar um tempinho no presídio.

— Mas o que foi que houve? Tem algo que eu possa ajudar? — questionou, impressionado e preocupado.

— Fica na paz. O mano bateu demais em um depravadinho que ficava se passando com as meninas. Mas ele já resolveu. Esse tarado não se passa com mais ninguém…

— Ele o matou? — perguntou, assustado.

— Dessa vez não, mas transformou o pedófilo em torrada simples.

— "Torrada simples"? Agora não entendi mais nada.

— Quando você vai em uma lancheria e pede ao garçom torrada completa, ela vem com o quê? — interrogou o amigo, rindo.

— Com ovos.

— E quando pede a torrada simples, ela vem sem o quê?

— Meu Deus, o Feliciano capou o depravado?

— Digamos que ele deu uma boa lição e protegeu a sociedade de um pederasta. Tem que ver como ele está lutando, talvez até melhor do que eu! — respondeu, orgulhoso do irmão.

Impressionado com os relatos, Stéfano Veras terminou o último curativo, e recebeu um abraço do capoeirista.

— Um dia, meu caro amigo, ainda retribuirei toda a bondade com que trata não só a mim, como toda a minha família!

Ao retirar-se do consultório, a secretária relembrou os pacientes que precisavam ser visitados no hospital, bem como o jantar com a namorada. Atendeu os enfermos internados, fez questão de deixar por último a senhora e o filho armado, pois já sabia que ela estava melhor, e gostaria de mais um tempo com eles, pois chamou sua atenção o carinho com que o homem tratava a mãe.

— Olá, posso entrar? — disse Stéfano abrindo a porta lentamente.

— Claro que sim, doutor! Por favor, entre! — respondeu o filho.

— Como a senhora está se sentindo?

— Muito bem, graças a Deus e ao senhor — respondeu, mirando em seus olhos.

— Graças ao seu filho! Ele que a socorreu a tempo. Nem tive tempo de perguntar o nome de vocês no consultório.

— Me chamo Maria Luiza, e meu filho é Humberto. Somos naturais de Ivorá. O Humberto é comissário de polícia aposentado, agora ele investiga crimes para um famoso advogado — falou, orgulhosa.

— Entendi, por isso que anda armado? — perguntou a Humberto.

— Isso mesmo, doutor, tenho trinta anos de polícia, e a arma já parece parte do meu corpo.

— Ao te ver rezando, lembrei da minha mãe. Tens um filho muito carinhoso, dona Maria Luiza.

Ao ouvir aquelas palavras, Humberto se emocionou e a partir desse dia tornaram-se grandes amigos.

Assim, através da medicina e pela maneira como tratava a todos, sem distinção de classe ou cor, Stéfano Veras foi criando amizades, desde contraventores até policiais; pobres e ricos; ateus e crentes das mais diversas religiões.

Cansado do dia extenuante, olhou para o relógio e pensou: "Preciso me apressar para ir naquela chatice de evento." Saiu o mais rápido que pôde do hospital, arrumou-se e foi ao encontro da namorada.

— Achei que não vinha mais. Estamos atrasados.

— Desculpa, é que atendi muitas pessoas hoje.

— Já estou me acostumando com isso. Prefere o trabalho a minha companhia.

Stéfano não respondeu, decidindo trocar de assunto. Estavam namorando havia cerca de um mês. Ela era uma dentista de família rica que apreciava a alta sociedade. Pelo ritmo de trabalho do médico, encontravam-se somente nos finais de semana, o que já começava a gerar reclamações e cobranças por parte dela.

O evento era um jantar baile no principal clube de Santa Maria. Ao chegar, a dentista apresentou o seu namorado aos casais de amigos com quem dividiriam a mesa:

— Boa noite, esse é o Stéfano. Ele é um grande e renomado médico-cirurgião.

Envergonhado pela maneira como foi apresentado, Stéfano Veras cumprimentou-os de forma cordial. Cansado pela semana atarefada, evitou falar e prestou atenção na conversa dos amigos da namorada.

— Olha a petulância daquele engenheiro. Acha que é alguma coisa só porque está construindo alguns prédios. Se ele soubesse a fortuna da minha família, viria aqui me pedir uma bênção — falou, de forma soberba, um homem, que pouco depois Stéfano descobriu que não trabalhava e vivia de rendas.

— Observa então a bolsa falsificada da esposa. Não adianta ter dinheiro se não tem pedigree — respondeu sua mulher, ainda mais arrogante.

Enquanto isso, outra acompanhante da mesa com o mesmo aspecto de soberba, que nunca tinha visto uma carteira de trabalho na vida, continuou a conversa:

— A coisa que mais detesto são esses novos ricos! Não adianta dinheiro sem origem nobre.

— Deixem esses infelizes de lado, e vamos beber — interrompeu a namorada de Stéfano. — Garçom, nos traga a melhor champanhe — ordenou, estalando os dedos.

— Sim, minha senhora, já vou providenciar — disse, de forma educada.

O garçom demorou cerca de cinco minutos para chegar com a garrafa europeia e seis taças.

— Foi buscar na França, a champanhe!? — disse, ironizando, o herdeiro que não trabalhava. — Da próxima vez, chame outro garçom para nos atender.

— Desculpa, meu senhor — respondeu de forma singela.

O garçom chamava-se Viriato Borges, pai de dois filhos, e orgulhava-se de estar formando a filha, oportunidade que jamais pôde imaginar para si próprio. Nervoso com a maneira rude com que era tratado, começou a servi-los. Ao abrir a garrafa, a espuma da champagne jorrou e acabou molhando o terno de Stéfano. Ao tentar consertar o equívoco, derrubou uma taça e acabou cortando-se.

— Seu imbecil incompetente! — disse a mulher do herdeiro.

— Eu não acredito! — falou a namorada do Stéfano. — Você acabou de estragar o terno italiano que dei de presente a ele. Quero saber como vai pagar com esse teu salário!

Com a mão sangrando e apavorado pelo que acabou de ouvir, perguntou a si mesmo: "E agora, como vou pagar a formatura da minha filha?" Antes que se desesperasse mais, viu que o homem cujo terno tinha molhado iria falar alguma coisa, e imaginou que a pior parte estaria por vir:

— Calma, meu amigo. O senhor está trabalhando e a culpa foi minha.

— Por que diabos está protegendo um garçom? — disse o herdeiro.

Stéfano Veras era um homem pacífico, detestava ofender as pessoas e tentou ignorá-lo, mas ele persistiu:

— Você é um famoso médico-cirurgião, enquanto ele não é ninguém!

— Creio que está errado. E me deem licença, pois vou fazer um curativo nele agora mesmo.

— Não acredito que vai estragar a tua festa limpando o sangue sujo desse sujeitinho — continuou o herdeiro.

Nesse momento, Stéfano Veras rememorou com exatidão o conselho de sua mãe: "Jamais esqueça que nenhuma riqueza desse mundo compra a bondade, e somente através dela é que poderá ter uma vida feliz e em paz". Muito embora fosse um ser humano que detestasse conflito, sabia que a covardia era um dos piores pecados. Ao observar a expressão de sofrimento do garçom, não se conteve:

— Ele é um homem trabalhador, diferente de você. A nobreza de uma pessoa está em seu espírito. Qualquer idiota preguiçoso pode nascer em berço de ouro e ter uma vida de desprezo. Uma pessoa com seu pensamento não merece o meu tempo! — disse, levantando-se da mesa.

Todos permaneceram em silêncio. Viriato encheu-se de alegria e pensou: "Como eu gostaria de falar essas palavras, e ainda por cima enchê-lo de porrada!"

— Mas o que é isso, Stéfano? — disse a namorada.

— É apenas a realidade que vive um preguiçoso esnobe! E terminamos por aqui! — Virou-se ao garçom e perguntou: — Como é o seu nome?

— Viriato Borges, ao seu dispor.

— Pois então, meu caro Viriato, vamos até a cozinha que vou fazer um curativo nessa mão. E outra coisa, já que não gostei desse terno, posso presenteá-lo com ele?

— Será um privilégio, doutor, mas não mereço tamanha honraria — disse, alegre.

— Merece muito mais — falou, levando o garçom para atendê-lo.

Foi a última vez que Stéfano Veras dirigiu a palavra à sua já ex-namorada.

CAPÍTULO IX
Theodora Borges

Uma vez assistia a uma série de televisão, baseada no famoso *best seller Tempo entre costuras*, da escritora espanhola María Dueñas. Ela começou assim: *"O destino é a soma das decisões que tomamos na vida, mesmo aquelas que parecem irrelevantes no começo"*. Adorei a frase, entretanto ouso discordar.

Vou explicar o motivo. Em um sábado do ano de 1992, eu sequer era nascida e logicamente não fiz nenhuma escolha. Mas, acreditem, o meu destino foi decidido por uma champagne que molhou o meu tio e uma taça que cortou a mão do meu avô.

O vô Viriato sempre repetia a história da noite em que seu genro o defendeu de certas pessoas ricas que, segundo ele, eram uns cretinos. Meu avô era meio vingativo, e vibrava a cada vez que sabia notícias trágicas dessa gente que o humilhou. Ao contrário do meu tio, que insistia em perdoá-los.

"Você soube que aquele idiota arrogante está falido, e a mulher o corneou?", dizia meu avô.

"Seu Viriato, é claro que uma pessoa com essa personalidade terá uma vida de sofrimento", respondia meu tio.

"Não sei, não. Mas certamente as coisas ainda vão piorar para ele."

"Esquece isso, a raiva só vai te fazer mal. Ele já tem sofrimento que chegue." E, assim, meu tio, sempre em vão, tentava tirar esses sentimentos do meu avô.

Como já disse no primeiro capítulo deste livro, meu nome é Theodora Borges e, mesmo uma década antes de nascer, às vezes, irei narrar esta história.

Na minha adolescência, adorava ler romances sobre almas gêmeas. Confesso que me encanto com as verdadeiras histórias de amor, mas nenhuma delas supera o conto de fadas que viveram meus tios.

Enquanto o tio Stéfano fazia curativo na mão do meu avô, a primeira reação da minha tia foi se assustar ao ver as gotas de sangue que insistiam em pingar no chão.

O nome dela é Clara Borges, na época ela tinha 23 anos, estava se formando na faculdade de Ciências Contábeis. Para mim, sempre foi a mulher mais linda do mundo. A beleza dela era tão grande que nem consigo descrever agora, mas o mais belo era o que ela tinha por dentro. Mesmo prestes a se formar, em pleno sábado, estava trabalhando com meus avós. Eram de uma família humilde, mas donos de uma bondade raríssima.

— Meu Deus, pai, o que aconteceu?

— Nada, minha filha, apenas um pequeno corte.

— Não está doendo? Por que o senhor não para de rir? — perguntou, impressionada com a expressão de felicidade que ele tinha, mesmo com a mão cortada.

— É que ganhei a noite hoje…

— Como assim, pai?

— O doutor aqui vai me dar este terno...

— Do que você está falando?

— Oh, me desculpa, meu nome é Stéfano, não se preocupe que foi apenas um pequeno corte, e a culpa foi minha...

— Esse doutor é gente boa demais, mesmo eu tendo molhado ele e quebrado uma taça, não para de me defender.

Dizem que a primeira impressão que se tem de uma pessoa é a que permanece, e a que tia Clara teve de Stéfano foi das melhores: a de um homem honrado. No entanto, ao reparar seus olhos azul-claros, apaixonou-se; e ele, ao ver a beleza dela e saber que em pleno sábado à noite estava ajudando os pais, experimentou uma sensação que até então desconhecia: o verdadeiro amor!

É claro que um sentimento desses não pode desaparecer e, mesmo se quisessem manter-se afastados, não conseguiriam. Na outra semana, tio Stéfano foi até a casa dos meus avós e pediu minha tia em namoro, bem como os antigos faziam.

Tio Stéfano rezou inúmeras vezes à Santa Medianeira, até tomar coragem e ir à casa dos meus avós pedir permissão. Nesses dias, até mesmo padre Franscisco estranhou o motivo de ele ir tanto à igreja e, ao descobrir o que acontecia, deu conselhos ao amigo:

— Se acalme e tome coragem!

— Vou fazer isso! Mas será que ele vai aprovar?

— Eu não aprovaria se fosse a minha filha!

— Mas o que eu fiz de errado? — perguntou, assustado.

— Estou brincando, tenho certeza de que dará tudo certo!

Ainda bem que meu avô não sabia que os dois se encontravam escondidos todos os dias. Quando tio Stéfano foi pedir permissão para o namoro, vô Viriato estava sentado na frente de casa, sem camisa e tomando chimarrão. Eles moravam em um bairro simples e, quando viu um carro de luxo estacionar na frente da casa, ficou desconfiado, até ver um rosto conhecido descer do automóvel trazendo um terno e uma bola de futebol. O meu avô não enxergava muito bem, só reconheceu tio Stéfano quando estava diante dele.

— Olá, doutor, a que devo a honra da visita?

— Vim cumprir a minha promessa. Me desculpa a demora, é que o terno demorou um pouco na lavanderia — respondeu, envergonhado, dando-o de presente.

— Oi, pai, quem está aí? — gritou Elói, seu outro filho, que veio a ser meu pai.

Elói Borges era adolescente e adorava futebol. Minha tia sempre foi uma irmã amorosa e contou a Stéfano sua paixão pelo esporte.

— Olá, você deve ser o Elói. Te trouxe uma lembrança.

— Nossa, é a bola oficial do campeonato brasileiro! — Pegou o presente e já foi correndo jogar em um campo de futebol que até hoje tem na frente da casa dos meus avós.

Minha avó, Antônia Borges, estava dentro de casa com minha tia. Ela já sabia de tudo, e estava roendo as unhas de tão nervosa, ansiosa para saber qual seria a reação do marido. Esconderam-se atrás da porta e ficaram espiando.

— Mas credo, doutor, muito obrigado pela gentileza — falou enquanto acariciava o terno.

— Sei que o senhor é um homem decente...

— Muito obrigado, doutor... — interrompeu, orgulhoso.

— Por favor, não me chame de doutor.

— Nem sei como agradecer por ter me defendido naquela noite. Ainda me dói o estômago de raiva ao pensar naquela gente.

— O senhor é um homem honrado, eles não são absolutamente nada. Não vale a pena nutrir ódio!

— Aí é que tu te enganas! Vou passar a vida na torcida contra eles. Desgraçados insolentes!

A cada frase dita, mais minha vó Antônia roía as unhas, enquanto tia Clara rezava sem parar.

— Posso tomar um mate com o senhor? — perguntou.

Quando vô Viriato passou a cuia de chimarrão ao meu tio, ficou visível o seu nervosismo: ele tremia tanto que quase derrubou o mate. E, ao começar a tomar o chimarrão, criou coragem:

— Com todo o respeito que tenho, posso lhe fazer um pedido? — perguntou, apreensivo.

Vô Viriato imaginou que ele iria convidá-lo a trabalhar em um evento, e pensou: "Faço questão de servi-lo, mas ele vai gostar de saber que sou uma pessoa grata e que não vou cobrar pelo serviço", e respondeu:

— Será uma honra atender ao seu pedido.

— Então me concede a permissão de namorar a Clara? — arriscou-se a perguntar.

— O quê? — falou, surpreso.

— Me desculpa, não quis ofender! Muito pelo contrário, vim pedir de forma respeitosa que me permita namorar tua filha.

— Ela nem te conhece direito. A Clara já sabe disso?

— Sim — falou, amedrontado.

Nesse instante, as duas saíram detrás da porta e vô Viriato deu-se conta que estavam espionando a conversa. Então disse:

— Imagino que as duas já sabiam desse pedido?!

— Por favor, não as culpe, até porque se tem algum culpado nessa história sou eu!

— Vejo que além de me defender, também defende a minha família.

— É que…

— É um homem de caráter, então, se minha filha o quiser, da minha parte não tem objeção. Saiba que ela é a coisa mais preciosa que tenho.

Ao ouvir essas palavras, tia Clara lacrimejou e se abraçou em meu tio. Estavam oficialmente namorando. O mais impressionante é que esse amor durou durante todas as suas vidas, e acreditem, além delas, como depois vou explicar.

Confesso que hoje, já entrando na velhice, nunca gostei desses eventos sociais. Não sei bem o motivo desse desprezo, talvez seja de tanto ouvir a história das pessoas que humilharam o vô Viriato quando ele era garçom. Mas, quando precisava ir, ao ver uma garrafa de champanhe e uma taça, experimentava uma sensação plena de felicidade, que ficava ainda maior quando via uma taça espatifando-se ao chão.

Certa vez, já na vida adulta, fui entrevistada por uma tradicional emissora, por ter recebido um desses prêmios no exterior. O repórter, após me fazer uma série de perguntas científicas, de forma inesperada me fez o seguinte questionamento:

— Diga para o público os objetos que mais aprecia.

Fiquei um instante em silêncio. Creio que o entrevistador imaginou que falaria algo ligado à medicina ou à física quântica. Antes de responder, emocionei-me ao relembrar a história que alterou por completo o meu destino, e respondi:

— Uma garrafa de champagne e uma taça quebrada.

Nunca gostei de bebidas alcoólicas. Eram públicas e notórias as campanhas que promovi contra o uso de drogas e o consumo excessivo de álcool. Sempre acreditei que isso é um atraso para a sociedade, além de causar sofrimento extremo às famílias dos viciados. Talvez pelo fato de o repórter saber dessa percepção, devolveu-me a pergunta exatamente assim:

— Posso presumir que a taça quebrada simboliza as campanhas que faz contra o uso imoderado de álcool?

— Não — respondi.

— Então, pode me explicar o que significa?

— Significa o quão inexplicável é uma coisa chamada destino, mas principalmente o início de uma grande história de amor. Mas isso é uma longa e belíssima biografia.

Exceto os meus familiares e as pessoas mais próximas, ninguém compreendeu a magnitude daquela resposta.

CAPÍTULO X
O casamento

O dia 10 de dezembro de 1996 significava muito mais do que uma terça-feira qualquer. Enfim, o presidente da África do Sul, Nelson Mandela, promulgou uma nova constituição, encerrando o terrível *apartheid,* cujo significado é nada menos que "separação".

Esse cruel e desumano regime de segregação racial foi implementado por um pastor protestante chamado Daniel François Malan, no ano de 1948. Ao oficializar essa barbárie, continuou com a audácia de pregar a palavra de Deus, mesmo realizando esse ato, no mínimo, antagônico à bondade.

Na prática, foi um sistema racial em que a maioria dos habitantes, verdadeiros donos daquela terra, tiveram seus direitos cerceados. Não foram raras as vezes em que negros foram removidos de suas próprias casas e muitos dos que protestaram foram presos, torturados e executados.

Na fazenda de Cristóvão Alberto, os negros, cujos ancestrais foram escravizados por causa da cor da pele, comemoravam de forma radiante. Vendo a euforia dos empregados, o estanceiro resolveu carnear uma vaca e organizar um churrasco na sede do colégio.

Todos tinham somente dois assuntos: o fim do *apartheid* e o matrimônio de Stéfano Veras. Os empregados exalavam felicidade, o patrão não os via assim desde a aprovação de Stéfano no curso de Medicina. Com o som de tambores e violões, ficaram até tarde da noite celebrando e combinando os detalhes de como iriam à festa do casamento.

Cristóvão fez questão de chegar tarde em casa, na expectativa de que Eunice já estivesse dormindo. Abriu a porta do quarto lentamente com a intenção de não a acordar. O último desejo que tinha era aguentar os seus sermões retrógados, mas notou que ela estava sentada em um sofá, esperando-o.

— Se divertiu com a negrada? — perguntou, irônica.

— Para com isso, Eunice, vamos dormir!

— Você não tem vergonha nessa cara. Por acaso, sambou com eles também?

— Olha o respeito, eles são nossos empregados e precisamos valorizá-los, oferecendo no mínimo uma vida digna.

— Maldita é a lei nº 3.353! — gritou, socando uma mesinha.

— Do que você está falando? — perguntou, sem entender nada.

— Ora, seu ignorante, estou falando da Lei Áurea!

— Ignorante, eu? Você nem sabe ler e escrever…

— Olha o respeito, seu adorador de negro desgraçado — interrompeu berrando.

— Deus um dia ainda vai te castigar. Outra coisa, se quiser ir no casamento do Stéfano, vai ter que ir de ônibus.

— Mas por que não vamos de caminhoneta?

— Porque aluguei um ônibus e vamos todos juntos.

— Imagina que vou entrar em um ônibus junto com aqueles lá. Nem eu, tampouco meus filhos iremos passar por uma humilhação dessas!

Muito embora sentisse revolta ao ouvir as palavras racistas da esposa, nesse momento experimentou um alívio ao saber que ela não iria. Para evitar mais brigas, foi dormir no quarto de hóspedes.

Três dias depois, o ônibus partiu lotado da fazenda, deixando para Eunice e os filhos apenas um rastro de poeira. Para muitos empregados, foi a viagem mais distante que fizeram, e impressionaram-se ao ver a paisagem de uma cidade com quase trezentos mil habitantes.

O casamento ocorreria na igreja cujos arredores outrora Stéfano Veras varria enquanto via o sol nascer. Padre Francisco seria o responsável pela cerimônia.

Foi a primeira vez que Barba Preta vestiu um terno, e estava eufórico por ser um dos padrinhos. Além dele, completavam o time de padrinhos escolhidos por Stéfano a professora Suilnira e Cristóvão Al berto; dr. Luiz Fernando e a esposa; comissário Humberto com a mãe; e Onira com o marido domador de cavalos.

Quando Clara entrou na igreja, com um vestido branco e acompanhada pelo pai, sua beleza foi tão exuberante que todos ficaram observando em silêncio.

No entanto, logo depois de responder "sim" à pergunta do padre se aceitaria Stéfano Veras como seu legítimo esposo, na alegria ou na tristeza, na saúde ou na doença, na pobreza ou na riqueza, por todos os dias da sua vida até que a morte os separasse, encantaram-se com a sua simplicidade e pela maneira como tratava os convidados. Quem não a conhecia, ficou encantado por causa de seu carisma.

"Você deve ser a Onira. O Stéfano sempre fala, com orgulho, que você era a aluna mais inteligente do colégio, e se emociona por ter escolhido o nome da tua filha em homenagem a ele"; "O senhor deve ser o Velho Becca, estava ansiosa para conhecê-lo, adoro quando me falam das suas profecias!"; e, assim, foi ganhando a simpatia dos antigos amigos do marido.

Depois da cerimônia na igreja, foram recepcionados em um dos melhores centro de eventos da cidade. Quando Velho Becca entrou, acompanhado do neto e da bisneta, impressionou-se:

— Meu Xangô, nunca vi nada parecido, o garoto contratou até uma banda para tocar e nos fazer dançar.

Ao observar o sucesso que Stéfano Veras alcançou na vida, o fazendeiro Cristóvão sentiu-se orgulhoso, porém também refletiu o motivo por seus filhos não estarem naquela condição. Pensou e chegou à seguinte resposta: "Acho que falhei como pai, talvez por ter me dedicado tanto ao trabalho" e, antes que percebessem a decepção que o atormentava, forçou-se a trocar o pensamento. A última coisa que pretendia nesse momento de festa era entristecer-se e, ao ver Velho Becca dançando de maneira desengonçada, foi distraído com as gargalhadas dos músicos, que perderam o próprio ritmo de tanto rirem ao ver um homem daquela idade dançando, imitando um coelho em fuga.

No meio da festa, padre Francisco interrompeu a banda de música e pediu a palavra:

— Desculpa, preparei um discurso, mas tomei tanto vinho que me esqueci.

As pessoas começaram a rir, e um dos peões gritou:

— Mas o senhor não bebe, padre! — brincou, sabendo do amor que o religioso nutria pelo vinho.

— Por isso mesmo! Não estou acostumado a beber! — Foi interrompido pelas risadas, e complementou: — Mesmo sem combinar, vou passar a palavra ao noivo.

Ao ver os amigos de uma vida inteira divertindo-se como se todos fossem irmãos, Stéfano Veras emocionou-se, e as primeiras palavras demoraram a sair:

— Gostaria de dizer tanta coisa, mas nem sei por onde começar.

— Eu sei, Stéfano — gritou Velho Becca.

— Então me diz! — respondeu, já sorrindo.

— Leva o Velho Becca aqui junto na lua de mel para essa tal de "Ilha Grega". Prometo que não vou incomodar...

Enquanto a bisneta Stefania tentava conter a sua fala, prevendo que uma bobagem maior poderia brotar, os demais divertiam-se sem parar. Nesse clima de felicidade, Stéfano voltou a discursar:

— Primeiro lugar, gostaria de agradecer a Deus por colocar em meu destino a mulher que eu amo. Segundo, não imaginam a minha felicidade em ver os meus amigos de infância junto dos meus pais. Saibam que tive uma criação feliz graças ao carinho de todos vocês. Terceiro, agradeço a ajuda inestimável que recebi do seu Cristóvão, professora Suilnira, dr. Luiz Fernando e padre Francisco. Vocês estarão sempre em meu coração!

Boa parte dos convidados se comoveu: presenciavam a ascensão de um menino humilde ao sucesso que alcançou graças ao seu esforço combinado à ajuda de pessoas iluminadas.

Recuperou o fôlego, atrapalhado pela emoção, e continuou:

— Por fim, o mínimo que posso fazer é retribuir tanto amor que recebi. Por isso, quero comunicá-los que uma vez ao mês irei até a fazenda para atendê-los.

— O quê? Teremos um médico só para nós! — disse, impressionado, o filho de 8 anos de um peão que sonhava em trilhar os caminhos de Stéfano.

— Eu é que terei a felicidade de ter a companhia de vocês — respondeu, com olhos lacrimejados.

Sob aplausos e gritos de comemorações, dançaram até o nascer do sol. A alegria era tanta que o grupo musical se negou a cobrar pelas horas extras trabalhadas. Para muitos empregados da fazenda, que conheciam somente a rotina singela do campo, foi o momento mais marcante de suas vidas.

CAPÍTULO XI
Enfim, cheguei ao mundo!

Eu nasci no dia 4 de dezembro de 2002, e nessa data ocorreu um grande eclipse solar. A lua começou a mover-se entre o sol e a Terra, impedindo a passagem de luz. Primeiro foi visto em Angola, e se deslocou para leste em uma velocidade superior a cinco mil quilômetros por hora, alcançando diversos países.

O fenômeno foi tão intenso que assustou os animais selvagens do continente africano, ao mesmo tempo que encantou milhões de pessoas que presenciaram o céu escurecer a manhã.

Confesso que nunca dei muita importância a esse fato, porém, toda vez que Velho Becca me encontrava na minha infância, repetia as mesmas palavras: "O seu tio, ao nascer, fez o sopro do vento minuano silenciar. Segundo a profecia, ele trará um século de amor; mas você, menina, fez o céu escurecer, e essa sombra que inquietou os animais e encantou os seres humanos, terá um papel muito importante nesse mundo terreno!"

Sempre gostei muito do Velho Becca, amava ouvir suas histórias e profecias e, quando ele me repetia essa mesma afirmação, eu o elogiava e reproduzia sempre a mesma pergunta: "Tem certeza disso? Mas como o senhor sabe?" E ele respondia: "Nunca tive tanta certeza de alguma coisa em minha vida, e sei disso porque os espíritos dos meus ancestrais me assopraram no ouvido no exato momento em que vocês nasceram!" Ah, como eu adorava conversar com ele. Como é incrível um homem, que mal sabia ler e escrever, possuir tamanha sabedoria.

As lembranças que tenho do meu nascimento são apenas pelas fotos, mas acreditem, quando as vejo, ainda sinto o amor que as pessoas nutriam por mim tocar meu coração.

Quando comecei a estudar Medicina e Física Quântica, em um dos meus primeiros artigos científicos, cheguei à constatação que o ambiente familiar exerce grande influência sobre a vida de uma criança. Provei que os bebês que nascem rodeados de afeto possuem mais chances de ter uma vida plena e feliz, comparados aos que nascem desprovidos de amor.

Uma das fotografias prediletas era do meu avô Viriato me pegando no colo. Ele parecia chorar mais do que eu, que estava assustada ao sair do ventre da minha mãe, deparando-me com o mundo. Minha vó Antônia tentava acalmá-lo, enquanto acariciava o meu rosto.

Vó Neuza, sempre a chamei assim, muito embora fosse a mãe de meu tio, foi um exemplo de doçura. Quando nasci, ela colocou em meu pescoço um colar com a imagem da Nossa Senhora Medianeira, que guardo até hoje. No entanto, nas fotografias, ela tinha uma expressão de emburrada. Demorei para entender o motivo: vó Neuza era uma reconhecida parteira na sua região, e ficou muito braba quando tio Stéfano disse a ela que quem faria o parto seria um renomado ginecologista e obstetra, amigo próximo dele.

Ao que me disseram, foi a única vez que vó Neuza ficou desgostosa com Stéfano, mas logo passou. Ela o amava mais do que tudo. Meu tio sempre me protegeu, e fiquei sabendo também que ele sofreu muito ao saber que sua mãe tinha ficado triste com sua atitude. As fotografias em que aparece vô Antônio, também sempre o chamei assim, têm uma história um pouco engraçada. Em todos os retratos, ele está olhando para cima, e demorei para entender o motivo, mas depois me explicaram: ao saber que eu nasci com uma saúde perfeita, meu avô ficou horas olhando para cima, agradecendo a Deus pela bênção.

Meus pais estavam radiantes, em todas as fotografias apareciam sorrindo. Sem falar nas imagens no colo de tia Clara! Nossa, como ela era linda! Durante minha adolescência, sonhava em ser tão bela quanto ela. Em diversas fotos ela aparece falando em um aparelho celular — fui saber depois que era meu tio Stéfano quem ligava sem parar para saber notícias minhas. Ele estava terminando seu pós-doutorado na Inglaterra e, mesmo não tendo me visto nascer, ao longo dos anos foi uma das pessoas que mais me amou e me protegeu.

Tia Clara formou-se em Contabilidade e especializou-se em gerenciar a clínica de meu tio. Eles ganhavam muito dinheiro, mas todos os domingos iam até a casa dos meus avós para almoçar. Era tradição. Muito embora tio Stéfano tivesse oferecido uma casa maior, eles nunca aceitaram. Uma das coisas que mais apreciava em minha família era que preservavam os hábitos simples.

Os meses foram passando e tio Stéfano retornou ao Brasil. A primeira lembrança real da minha vida vou contar agora. Talvez vocês não acreditem, mas é verdade. A recordação é meio embaçada, mas o cheiro foi tão intenso que tenho certeza do que aconteceu.

Sei exatamente o dia, foi 15 de outubro de 2003, na mesma data em que a China se tornou o terceiro país do planeta ao enviar um ser humano ao espaço. Sei até o nome da nave: *Shenzhou 5*. Sei desse detalhe porque tio Stéfano guardou a passagem de avião quando ele retornou, para nunca esquecer o dia em que me conheceu. Quando minha mãe falou, impressionada, acerca desse feito espacial ao meu tio, ele não deu importância. Ele tinha olhos somente para mim.

Mas o que falei que vocês talvez não acreditassem, vou contar agora. Estava na casa de tio Stéfano quando ele me viu pela primeira vez. Tia Clara deixou a casa toda florida para esperá-lo, e ela estava deslumbrante.

— Ele chegou! — disse a minha tia, eufórica, ao ouvir o barulho do portão eletrônico, e saiu correndo para encontrá-lo.

Demorou alguns minutos para ele aparecer, imagino que deve ter ficado beijando ou abraçando a tia Clara. Eu ainda enxergava apenas algumas imagens embaçadas, mas ouvia tudo muito bem. E, ao escutar passos apressados vindo em minha direção, senti um odor mágico que me acompanhou por quase toda a minha vida: era um cheiro extraordinário que eu nunca vou esquecer, uma mistura de gengibre e mel.

Nesse instante, logo que me pegou no colo, desandou a chorar e o meu rosto começou a encharcar-se com os pingos que caíam de seus olhos. Quero dizer que esse foi um remédio que entrou em meu pequeno corpo e nunca mais me abandonou: eram lágrimas do amor mais verdadeiro que conheci.

A partir desse dia, acreditem ou não, desenvolvi um dom, e comecei a sentir o cheiro das pessoas de acordo com o caráter que elas carregavam em suas almas.

***

Passaram alguns anos. Enquanto tia Clara preparava os detalhes da festa de aniversário dos 44 anos de seu marido, milhões de mulheres brasileiras comemoravam a nova legislação. Era 7 de agosto de 2006, e a lei Maria da Penha acabara de ser sancionada pelo presidente. O momento era marcado por incontáveis casos de violência doméstica praticados por homens contra suas companheiras, e essa nova lei seria uma importante ferramenta de defesa contra essas atrocidades, aumentando o rigor das punições nesses tristes casos.

A comemoração do aniversário seria na sede da escola em que tio Stéfano foi alfabetizado. Recordo que eu tinha três anos, foi a primeira vez que saí de Santa Maria.

Encantei-me com as paisagens, principalmente pela imensidão dos pampas gaúchos. Meus avós maternos foram conosco, e eu sentei no meio deles na parte traseira do carro, enquanto meus tios iam na frente. O cheiro de gengibre e mel misturava-se com o odor refrescante e suave do resto da minha família. Ao chegar na casa singela, mas bem arrumada, vó Neuza estava nos esperando com um bolo.

— Quanta alegria recebê-los — disse, radiante.

— A felicidade é toda nossa — respondeu tia Clara.

Mal chegaram e tio Stéfano foi atender os empregados da fazenda, os quais recebia na mesma escola que outrora o alfabetizou. Passou na frente um garoto, que estava com fortes dores abdominais.

— O que você comeu de diferente?

— Costumo tomar água direto de açude!

— Lembra que já conversamos sobre isso?

— Sim, mas é que sinto sede quanto estou no campo.

— Mas eu já te dei um cantil de presente.

— Eu acabei perdendo.

— Pegue essa minha garrafa térmica até eu te comprar outro cantil, e não tome mais água do açude. A partir de hoje, tome esses remédios da cartela duas vezes por dia.

— Muito obrigado, doutor.

O próximo paciente entrou na sala, e tio Stéfano ficou atendendo por cerca de duas horas. Depois, ele me levou à sede da fazenda. Eu era uma criança, mas ele insistia em me tratar como uma adulta, e cochichou no meu ouvido:

— Vamos fazer uma surpresa aos teus avós.

— Oba! — respondi. Eu adorava surpresas, pois quando ouvia essa palavra sempre recebia um presente.

— Ai, estou com uma dor na mão. Pode assoprar ela pra mim, doutora Theodora? — disse, mostrando um dos punhos fechados.

Eu assoprei com todas as parcas forças que tinha e, como em um passe de mágica, vi a mão do meu tio se abrir com um pirulito de morango dentro; ele sabia que era o meu sabor favorito. Felizes, fomos até a casa do patrão dos meus avós emprestados.

Ao chegar, Onira e Stefania nos receberam. Quando tio Stéfano ficava feliz, seu cheiro de gengibre e mel invadia minhas narinas de uma maneira mais intensa. Sabia que uma era amiga de infância dele, e a outra tinha esse nome em sua homenagem.

— Meu Deus, que saudade, meu amigo! — disse Onira.

— Como é bom vê-las! Me conta, como vocês estão?

— Felizes quando a Eunice não incomoda — respondeu Onira, em tom baixo para não ser ouvida.

— E você, Stefania? Pelos meus cálculos, já está com 27 anos?

— Como lembra? — perguntou Stefania.

— Ora, como iria esquecer? Você nasceu em janeiro de 1979, no mesmo dia em que fui aprovado em Medicina.

— Nessa idade eu já era casada! Não sei quando ela vai tomar jeito na vida — respondeu Onira.

Stefania era uma mulher de beleza que desarmava o silêncio. O corpo, de curvas precisas, parecia esculpido à mão para exaltar o rosto delicado que carregava. Seu sorriso, embora raramente confiado aos cuidados de um dentista, era perfeito, como se a própria natureza o tivesse moldado com primor.

— Deixa de bobagem, mãe. Um dia o príncipe encantado aparece!

— Faz uma década que escuto a mesma coisa! — respondeu Onira. — Vieram falar com o patrão?

— Sim, ele está por casa?

— Vou chamá-lo, creio que está no galpão tratando um cavalo com meu marido.

Cristóvão Alberto envelheceu muito nos últimos anos, e as rugas no seu rosto queimado pelo sol demonstravam uma tristeza constante. No entanto, ao nos ver, sorriu.

— Essa deve ser a Theodora — falou, dando-me um beijo.

Ao chegar perto de mim, senti um cheiro estranho, não era ruim, pelo contrário, era um odor de uma pessoa boa que carregava sofrimento dentro de si.

— Eu sou a Theodora, muito prazer — respondi, exatamente como meu tio me ensinou a dizer ao ser apresentada para alguém.

— Que amor! — respondeu Stefania. — Querem que eu traga um café? — perguntou.

— Eu estou comendo um pirulito — respondi, como se a pergunta fosse somente para mim.

— Mas quem te deu?

— O tio Stéfano, ele sempre faz mágica!

— Como assim? Ele é mágico? — questionou Stefania.

— É, sim, mas ele também cura as pessoas.

— Agora vou deixar teu tio conversar com o patrão. Posso me retirar?

— Ah, conversa mais um pouco comigo.

Mesmo eu pedindo, Stefania se retirou. Foi a última vez que a vi.

Cristóvão Alberto abriu a gaveta de um armário da sala onde estávamos, e começou a mostrar os papéis ao meu tio.

— Que isso, seu Cristóvão, se eu não confiar no senhor, vou confiar em quem?

— Obrigado pelas palavras, meu caro amigo. Faço questão de mostrar, até porque não sou imortal e por isso pedi ao advogado que deixasse tudo pronto. Assim, caso eu me for, ninguém poderá te incomodar.

Anos mais tarde, quando fiquei adulta, me entristecia ao rememorar aquela conversa. Soube do caráter do fazendeiro e a origem da tristeza que tentava esconder. Imagino a dor de um ser humano que não pode confiar na própria família, a ponto de se preocupar com os problemas que eles causariam após a sua morte.

Nenhuma fortuna do mundo supera o peso dessa dor. A partir desse dia, muito embora ainda fosse uma criança, comecei a compreender que o dinheiro é importante, mas tem coisas que valem muito mais.

Enquanto Cristóvão explicava o teor dos contratos, eu senti um aroma terrível: um odor misto de esgoto com enxofre invadiu minhas narinas. Tive vontade de vomitar, não conseguia entender o motivo daquele cheiro, que foi aumentando com o som de passos que se aproximavam. Foi então que eu conheci Eunice e Herculano.

O aspecto da mulher era bizarro. Sua velhice, somada a uma vida de maldades, abriu espaço para que rugas tomassem conta de um rosto, que desde a adolescência parecia amaldiçoado pelos traços desproporcionais que sempre lhe conferiram um aspecto tenebroso, devido a um nariz achatado que não combinava com suas orelhas enormes. Seu filho Herculano herdou tanto o caráter como a feiura da mãe.

— Bom dia, dona Eunice — disse meu tio, educado.

— Bom dia só se for para você, que está querendo se apropriar das minhas terras.

— Por favor, Eunice. Já conversamos sobre isso, inclusive você já consentiu e assinou! — intrometeu-se Cristóvão.

— Assinei, mas nunca vou admitir isso! É um absurdo que um filho de peão, que se criou no meio da negrada, vai comprar parte das nossas terras!

Um mês antes, tio Stéfano atendia voluntariamente os empregados da fazenda e ficou horrorizado com as novas histórias de racismo praticado por Eunice e o filho Herculano.

Ao saber detalhes das humilhações, meu tio conversou com meus avós emprestados e propôs comprar-lhe terras onde eles escolhessem.

No entanto, vó Neuza e vô Antônio negaram-se a sair dali, apesar das atitudes hostis dessas duas pessoas. Eles amavam o lugar; era como se aquelas terras e a casa onde residiam fossem uma continuação das suas almas.

Sem saída, tio Stéfano conversou com Cristóvão Alberto.

— Caro amigo, prezo o senhor como se fosse um segundo pai...

— Sei disso, e eu o quero como um filho ... — interrompeu, emocionado.

— Preciso lhe fazer uma oferta, mas peço que não a entenda como um desrespeito.

— Já imaginava isso! Faz anos que atende os meus funcionários sem custo e acho justo que me cobre pelo atendimento.

— Meu Deus, por favor, não é isso! Não seria médico se não fosse pela sua bondade, além do que, essas pessoas que atendo, fazem parte da história minha vida. Jamais irei cobrar!

— Então, o que é?

— Confesso que fico constrangido em falar.

— Por favor, diga de uma vez, não preciso repetir que você é o filho que sempre sonhei em ter! Nada do que falar vai me ofender!

— Pois bem, meus pais sofrem com o tratamento que a Eunice e o Herculano...

— Mas o que foi que eles fizeram dessa vez? — interrompeu indignado.

— Olha só, ela é sua esposa, ele seu filho. Não tenho a intenção de falar mal deles, por favor, vamos apenas resolver — falou tio Stéfano com nobreza.

— Está certo, conheço-os bem. Obrigado por poupar-me de detalhes que me fariam sofrer. Mas como pensou em resolver isso?

— Meus pais adoram o senhor e a vida que levam. Temo que se eu os tirar daqui eles não suportariam. Então, gostaria de lhe propor um negócio...

— E qual seria?

— Comprar um pedaço das suas terras, precisamente onde fica a casa dos meus pais.

— Confesso que passei a vida comprando terras, nunca as vendi e nem tinha a intenção de fazê-lo…

— Entendo — interrompeu e, quando perdia as esperanças, o fazendeiro continuou a falar:

— No entanto, não poderia negar o pedido feito por ti, meu filho!

Tio Stéfano emocionou-se a ouvir as palavras, e continuou:

— Nem sei como agradecer-lhe. — E deu lhe um abraço.

Os dois precisaram de poucos minutos para chegar a um consenso do preço e do tamanho da área, que seria uma fração de 80 hectares. Meu tio tentou comprar a área do colégio, mas o fazendeiro disse que fazia questão de continuar provendo. Entretanto, ambos deveriam contornar um problema: para o contrato de compra e venda ser efetivado, precisavam da permissão de Eunice.

Na primeira conversa que Cristóvão teve com a esposa, ela se negou aos gritos a assinar qualquer documento, chamando-o com palavras que tenho vergonha de contar de tão ofensivas que eram. Contudo, o fazendeiro estava determinado a ajudar meu tio, e sabia o ponto fraco da esposa: era o filho Herculano. Certo dia, longe de Eunice, chamou-o para uma conversa:

— Notei que não para de olhar, na revista Quatro Rodas, um carro. Qual é o modelo?

— É um Peugeot 307, prateado. Por que está me perguntando?

— Por acaso, gostaria de comprá-lo à vista?

— Óbvio que sim. Mas o que preciso fazer? — perguntou de forma maliciosa.

— Quero vender um pedaço de terra, são apenas 80 hectares…

— E daí você me compra o carro? Tão fácil assim? — questionou.

— Sim, preciso apenas que você convença sua mãe a assinar a escritura.

— Considere feito, então!

— Mas como vai convencê-la?

— Deixa isso pra mim.

Nos dias que sucederam, a sede da fazenda parecia um hospício. Ora Herculano gritava com sua mãe, ora ameaçava se suicidar, caso ela não concordasse com a venda. No início, ela gostava das discussões, parecia alimentar-se do ódio. Contudo, depois de diversas ameaças de tirar a própria vida, Herculano deixou, de propósito, uma carta, e fingiu enforcar-se em uma corda que parecia ter arrebentado, dando a impressão que somente por isso não morreu.

— Diabos que te carregue, me dá essa merda de escritura e depois vê se enfia esse carro na tua bunda! Passa pra cá esse documento que vou assinar, e nunca mais me perturbe.

Vou continuar contando sobre aquele dia em que meu tio pagou pela terra. Eu permanecia sentindo o cheiro que parecia sufocar-me. Os dois se aproximaram ainda mais e, por incrível que pareça, o odor de Herculano era pior do que Eunice. Ela tentava provocar meu tio, que se mantinha calmo:

— Só me falta dizer que também está cobrando por atender esses negros aqui da fazenda?

— Não, dona Eunice. Nunca faria isso!

— Espero que não esqueça que, se não fosse por nós, ainda estaria limpando as merdas das galinhas.

Quanto mais ela falava, mais meu tio mostrava nobreza, ignorando-a, e, quando tio Stéfano assinou o cheque com o valor da terra e ficou de posse da escritura, Herculano gritou:

— Agora estou motorizado!

Mesmo diante da raiva daquelas pessoas, saímos dali felizes. Quando coloquei os pés para fora daquela casa, senti o cheiro das flores do campo misturar-se com o de gengibre e mel de meu tio, e o enjoo, que até então parecia estar impregnado em volta de mim, abandonou-me como se fosse um passe de mágica.

Ao chegarmos para comemorar os 44 anos do tio Stéfano, ele anunciou a compra da terra. Recordo da festa dos meus avós: foi um dos dias mais felizes da vida deles!

CAPÍTULO XII
As mortes

Recordo com exatidão do meu primeiro dia de aula: era uma segunda-feira de muito calor, dia 25 de fevereiro de 2008, e eu tinha 5 anos. Tio Stéfano fez questão de me matricular no mesmo colégio católico onde estudou em Santa Maria, e de me levar à escola nesse dia . Não sei por que, mas acredito que foi por causa das tantas risadas daquela tarde que, ao longo do ano, ele fazia de tudo para me levar e também me buscar.

No trajeto até a escola, ele ligou a rádio e um jornalista indignado relatava que, três dias antes, a polícia britânica encontrou ossadas de uma criança em um orfanato que encerrou as atividades no ano de 1996. Logo ele mudou de estação até encontrar uma música que eu gostava. Fomos cantando até o colégio — ele tinha uma voz meio rouca quando cantava e me divertia muito ao ver o seu esforço. Meu tio sempre fazia de tudo para me deixar feliz.

Estava um pouco insegura nesse dia, o ambiente escolar era algo desconhecido, nunca havia ficado sem meus pais, meus avós ou meus tios. No entanto, ao ouvirmos a canção dentro do carro, tio Stéfano me tranquilizava. Sempre gostei muito de super-heróis, e me recordo até hoje de quando entrei pela porta principal da escola e meu tio falou:

— Olha quem está te esperando!

— É o Homem-Aranha! — respondi, fascinada.

O super-herói caminhou em minha direção e, encantada, eu o observava sem saber o que falar, até ele tocar carinhosamente em meu rosto.

— Seja bem-vinda.

— Olá, Homem- Aranha, muito prazer — respondi, bem como meu tio me ensinou.

— Estávamos esperando por você, Theodora.

— Como sabe o meu nome? — perguntei, com a ingenuidade própria de criança.

— Ora, como eu sei? Você é muito especial!

Cativei-me com aquelas palavras. Meus familiares sempre me falavam que eu era especial, talvez por isso nunca tive problemas de autoestima, mas meu tio dizia também que eu era inteligente, bonita e legal a todo tempo.

Logo o receio do primeiro dia de aula desapareceu, ainda mais depois que tio Stéfano disse que aquele super-herói estaria na frente do colégio para me proteger. Fui muito bem tratada na escola, até mesmo porque o marido da professora foi salvo pelas habilidades médicas do meu tio.

O único susto que levei foi quando ouvi um barulho muito alto: era o sino avisando o término das atividades. Os colegas começaram a se levantar, mas eu não sabia o que fazer; quando me dei por conta, tio Stéfano apareceu e me fez uma surpresa.

— Oi, Theodora, gostou da aula? — perguntou.

— Oi, tio, gostei, sim — respondi, e o medo que sentia desapareceu.

Na saída, caminhávamos de mãos dadas e o super-herói apareceu novamente:

— Homem-Aranha à sua disposição, Theodora. Como foi no colégio?

— Tava bem legal — respondi, fascinada.

— Amanhã estarei te esperando, para sempre protegê-la.

E, assim, aconteceu a minha primeira experiência escolar. Mal sabia eu que ficaria boa parte da minha vida estudando. Acredito que gostei tanto desse dia e, talvez, por tentar reviver esse sentimento, dediquei-me tanto aos estudos.

Anos mais tarde, como vou contar depois, surpreendi-me com a história daquele homem que acreditei por anos ser um super-herói.

Por um bom tempo, ele me esperou tanto na entrada como na saída da escola, sempre me fazendo sorrir. Quando eu já me sentia segura, ele desapareceu. Confesso que nunca imaginei a importância que ele viria a ter em minha vida.

Naquele ano, quando meu tio conseguia me buscar no colégio, ia com ele até a clínica. Tia Clara sempre me esperava com balas e pirulitos, mas eu insistia em ficar com tio Stéfano e, depois de pedir muito, ele acabou permitindo que eu ficasse na sua sala de atendimento: "Vou deixar, mas somente os pacientes que não forem graves", e respondi: "Oba, prometo que não vou atrapalhar!"

Depois eu ia até a casa deles; adorava pousar lá. Tio Stéfano comprou uma luneta gigante, e ficávamos até tarde observando o céu enquanto ele me dizia o nome das estrelas.

Com o passar dos anos e das experiências, vamos ficando mais velhos e sábios, e com isso adquirimos algumas certezas. No meu caso, posso afirmar que me tornei médica e física por causa daquele tempo que parecia encantado e até os dias de hoje me desperta uma eterna saudade.

Quando me dei conta, o ano letivo terminou, fui aprovada e já estava prestes a completar 6 anos. Meus pais preparam uma festa para comemorar o meu aniversário e convidaram meus colegas. Alguns deles ainda são meus amigos, outros apenas perdi o contato. Creio ser assim mesmo que funciona a vida.

Já no início das férias, senti falta da escola e dos meus colegas, mas logo esse sentimento desapareceu e foi substituído pela alegria que senti ao estar nas terras dos meus avós emprestados.

Nesse período, aprendi andar a cavalo e pescar, mas sempre, quando a noite chegava, chorava ao ver o céu. Ninguém entendia por que eu chorava: era porque sentia a falta de tio Stéfano.

Vô Antônio ligou para ele e perguntou o que poderia fazer. Horas depois, ele chegou me trazendo a luneta gigante e ficamos até depois da meia-noite apreciando a lua e as estrelas. Soube que meu tio desmarcou todos os compromissos para ir me ver, e recordo com precisão o cheiro de gengibre e mel no momento em que eu o avistei e corri sorrindo para seu colo. Naquele verão, tio Stéfano desmarcou uma viagem a Londres somente para ficar comigo. Meu Deus, como eu o amava!

As aulas recomeçaram, e era o meu segundo ano na escola. Logo nas primeiras semanas, no dia 19 de março de 2009, ouvi a notícia que, do outro lado do Oceano Atlântico, um austríaco chamado Josef Fritzl foi condenado à prisão perpétua por manter a própria filha aprisionada em um porão por mais de duas décadas. E, como se não bastasse tamanha covardia, ainda teve sete filhos com ela e incinerou um deles, que faleceu três dias depois do parto. Impressionei-me ao saber que ele era pai e avô ao mesmo tempo. Notícias assim sempre me impressionavam. Aprendi que em todas as partes do mundo existem seres desprezíveis.

Enquanto a imprensa noticiava as atrocidades desse psicopata, Eunice e Herculano continuavam com as maldades racistas. Cristóvão

Alberto começou a apresentar sinas de fraqueza e os dois, ao invés de levá-lo ao médico, aproveitaram-se da situação para impor temor aos empregados:

— Stefania, onde você está, negra?

— Estou aqui, dona Eunice. Como posso ajudar? — perguntou.

— Por acaso é cega?

— Não, patroa!

— Então vá logo limpar a cozinha — gritou. — E avise a preta da tua mãe para preparar o almoço de uma vez.

— Sim, senhora — respondeu.

Em Santa Maria, minha vida seguia plena e feliz. A fama de bom cirurgião e os atos humanos de tio Stéfano espalharam-se. Ficava orgulhosa de passear com ele na rua, pois, a cada poucos passos que caminhávamos, alguém nos parava: "Olá, doutor. Muito agradecido por atender a minha mãe"; "Boa tarde, dr. Veras, nem sei como agradecer por salvar o meu irmão"; e assim era até chegarmos em casa.

Ainda lembro de uma conversa que tivemos em uma tarde que ele me buscou na escola, e me levou até uma confeitaria:

— Uma das maiores missões de um ser humano é ajudar o próximo, mas, por mais ocupado que ele seja, não pode esquecer do principal. Sabe o que é?

— Não sei, tio Stéfano.

Eu tinha apenas 6 anos, mas sei que os inúmeros diálogos que tive com ele moldaram o meu caráter, meu destino. Na vida adulta tentava, em vão, entender como uma taça que cortou a mão do meu avô foi capaz de alterar o destino de toda a minha família. Ficava também imaginando como seria a minha vida sem aquele episódio, e de fato sei que, sem a presença do meu tio, seria uma pessoa totalmente diferente.

— Conheço médicos que passam o dia no hospital. Alguns, no início, pelo dinheiro, mas depois porque dão-se conta que a família que não cuidaram substituiu a presença deles; outros fazem isso por humanidade.

— Não entendi.

— Desculpa, vou explicar melhor. Quero dizer que, antes de cuidar dos outros, temos que cuidar da nossa família. De nada adianta estar tratando as pessoas se esquecemos daqueles que são a nossa prioridade.

— Ah, tio, agora entendi.

Sempre tínhamos diálogos complexos, talvez por ele esquecer que eu era apenas uma criança. E, assim, conversávamos sempre que ele me buscava no colégio e depois ficávamos observando as estrelas até eu adormecer.

Dois meses depois que as aulas começaram, tio Stéfano foi agraciado pela Câmara de Vereadores com o título de cidadão santa-mariense, por conta dos atendimentos voluntários que insistia em fazer e o benefício que gerava à comunidade.

Estava lá nesse dia. A casa legislativa lotou e muitos precisaram ficar em pé. Grande parte do público era formado por pessoas que meu tio operou e salvou.

Velho Becca e Barba Preta chegaram três horas antes, para garantir um lugar na primeira fila. Dos antigos amigos do meu tio, apenas Cristóvão Alberto não compareceu, e somente porque seu estado de saúde não permitiu. Por mais que tio Stéfano insistisse em interná-lo no hospital sob seus cuidados, a esposa e o filho negavam-se, afirmando que logo a doença iria passar.

Quando chegamos, mesmo antes da sessão solene começar, as pessoas aplaudiram tio Stéfano em pé. Ele entrou me carregando no colo, e nesse instante o seu cheiro de gengibre e mel invadiu minhas narinas de uma forma intensa. Isso sempre acontecia quando ele ficava feliz. Mesmo depois de tantos anos, recordo disso como se fosse hoje. Essa lembrança ainda tem o poder de encher o meu coração de amor.

Tio Stéfano teve que discursar, e dedicou boa parte de sua fala agradecendo as pessoas que o ajudaram, mas o que mais gostei foi a maneira que encerrou:

— E para você, pequena Theodora, que faz os meus dias mais felizes, o que posso desejar é o maior amor do mundo!

Foi a primeira vez que meus olhos lacrimejaram de emoção! Nessa noite, o hospital deu de presente a meu tio um relógio Rolex, mas ele não deu muita importância. Fomos jantar em um restaurante que tia Clara reservou. No caminho, recordo da conversa deles:

— Está feliz, meu amor? — perguntou tia Clara.

— Estou, sim. Muito obrigado por tudo! Sem você, jamais conseguiria.

Confesso que fiquei com um pouco de ciúmes, talvez ele percebeu e logo consertou:

— Tampouco conseguiria sem a Theodora.

— Gostou do relógio? A direção do hospital fez questão de lhe dar.

— Pois é, gostei, sim. Mas acho que não vou usar.

— Por quê? Eles ficaram tão felizes em te presentear.

— Lembro de um médico recém-formado. Ele ficava se exibindo para os enfermeiros e pacientes com o Rolex que comprou. Para falar a verdade, tenho até pena de quem precisa de um objeto desses para ser feliz.

— Te entendo, mas usa de vez em quando, nem que seja para mostrar gratidão aos teus amigos. Eles ficaram radiantes ao comprá-lo.

— Tá bom.

Cinco dias depois da solenidade, foi um domingo de maio. O sol apareceu aumentando a temperatura, os sul-rio-grandenses denominavam esse período como "veranico de maio", e vô Viriato resolveu fazer um carreteiro, um dos pratos prediletos do meu tio.

Enquanto preparavam o almoço, tio Stéfano pegou uns documentos e foi até o campo de futebol que fica na frente da casa. Ele parecia preocupado, sentou-se sozinho em um banco de madeira envelhecido pelo tempo e pelo descaso do poder público. Era cedo da manhã, ninguém jogava, e somente meu tio estava lá, lendo aqueles formulários médicos e vestido de forma simples, como ele sempre fazia aos domingos. Por causa dos raios solares, pegou um chapéu de palha emprestado do meu avô.

Concentrado, tio Stéfano estudava em pleno domingo de manhã, até ouvir uma sirene. Não era o barulho causado pelas ambulâncias que se acostumou a escutar e, ao virar-se, viu uma viatura policial parar bem próximo a ele. O motorista permaneceu no carro e outro, com ares arrogantes, desembarcou:

— Mãos onde eu posso ver! — gritou.

— Pois não, meu caro policial. Seu pedido é uma ordem — respondeu tio Stéfano, de forma simples, levantando os braços.

— Onde estão os seus documentos? — interrogou de forma ríspida.

— Não tenho aqui comigo, mas...

— Mas o quê? — interrompeu. — E esse relógio, vai me dizer que tem o recibo dele!

— Não tenho, mas...

— Temos um provável assaltante — disse no rádio, fazendo que o colega descesse com o revólver em punho.

Ele algemou meu tio, e na confusão derrubou os prontuários médicos. Intrigado, o policial leu os documentos e notou que a ficha médica era do seu comandante.

— Precisamos de reforços! — gritou no rádio.

— Qual o motivo? — respondeu uma voz na central de comando.

— Acredito que estão planejando a morte do coronel!

Nesse instante, o motorista olhou nos olhos do tio Stéfano e disse:

— Oh, meu Deus. Solta ele! — gritou.

— Eu não vou soltar. Por acaso ele te subornou?

— Não, seu idiota, ele é o dr. Stéfano. E, pelo que sei, amanhã vai operar o chefe!

Sem saber o que fazer, o policial começou a gaguejar, logo a vizinhança foi se aproximando. No bairro, muitas pessoas foram atendidas por tio Stéfano, e uma pequena multidão se formou. Para piorar a situação, mais três viaturas chegaram com as sirenes ligadas. Quem a comandava era o tenente Curali, talvez o policial da ativa mais temido pelos criminosos. Ao descer da viatura, reconheceu o seu médico.

— Que audácia desses vagabundos, tentaram matar o médico do comandante!

Assustado, tirou o seu colete e vestiu no meu tio, que, sem entender nada, perguntou:

— Oi, Culari, o que aconteceu?

— Não tentaram atentar contra a tua vida, meu caro doutor?

Tio Stéfano não respondeu; tenente Culari era um homem vivido e logo estranhou o que acontecia. Informou-se com o motorista e, ao saber do mal-entendido, chamou o policial que já apresentava ares humildes ao invés da prepotência:

— Seu idiota de merda, sabe quem ele é?

— Me desculpa, tenente!

— Desculpa o caralho. Ele salvou a vida do meu pai, e ainda assim você presumiu que ele iria matar o chefe! É isso mesmo, seu abobado?

— Eu não sabia, tenente. Desculpa, errei.

— Errou? É isso que tem pra me dizer? Acabou de prender o médico e amigo do chefe, que inclusive vai operá-lo amanhã!

— É que...

— Sem mais conversa. Estou te levando preso. Mas antes peça desculpas ao doutor!

A população vibrava com as palavras de Culari e, quando o soldado se aproximou para desculpar-se, imaginaram que tio Stéfano iria destratá-lo.

— Por favor, me perdoe, doutor!

— Como vou perdoá-lo, nem sequer sei o teu nome.

As pessoas não entenderam a resposta. O comissário Humberto tinha acabado de chegar. Meu avô Viriato o tinha convidado para almoçar, e quando soube do ocorrido precisou ser contido: "Calma, o safado já está preso!", disse um policial.

Atordoado com a pergunta, o soldado respondeu:

— Meu nome é Antônio Santos.

— Pois então, o senhor tem o mesmo nome do meu pai. Que coincidência... Diga-me outra coisa, qual é o teu sonho?

— É sair daqui com vida, preconceituoso desgraçado! — gritou um morador da redondeza.

— Por favor, acalmem-se! — disse meu tio. — Pode responder com calma, Antônio.

— Sempre sonhei em cursar a faculdade de Direito...

— E por que razão desistiu?

— Casei, tive dois filhos e, sabe como é...

— Mas ainda tem esse sonho?

— Tenho sim, mas hoje não é mais uma alternativa.

— É, sim...

— Não entendi — respondeu, assustado e sem entender o rumo do diálogo.

As pessoas que escutavam a conversa não conseguiam compreender a atitude do tio Stéfano. Ao seu lado, Humberto, Culari e vô Viriato suavam o rosto tamanha a indignação.

— Então, vou te explicar! Vou esquecer esse contratempo de hoje, desde que se inscreva na faculdade de Direito. Caso faça isso, irei te ajudar!

— Mas como vou conseguir, com esposa e dois filhos?

— Idiota! Será que é mesmo tão burro? Não vê que, se não aceitar essa bondade, vai para a rua do serviço, além de ser preso! — disse Humberto, em tom ameaçador.

— Calma, quero que aceite esse pedido por causa do seu sonho, não por medo.

O policial Antônio pensou e, mesmo diante da situação constrangedora, seus traços faciais pareceram esperançosos, e respondeu:

— Aceito, sim!

— Precisa também me prometer outra coisa. Pode ser?

— Claro, doutor.

— O preconceito é uma lástima que atrasa o mundo, enfraquece quem é atingido por ela. Mas, a longo prazo, atinge muito mais quem a carrega. Por isso, te peço que abandone esse sentimento.

— Prometo, sim. Um dia sonho também com algo ainda maior.

— Pode me dizer o que é?

— Em ter a tua grandeza. Nem sei como agradecê-lo! No futuro pretendo retribuir tamanha bondade.

Depois disso, fomos almoçar. Vô Viriato e o comissário Humberto continuavam revoltados.

— A sorte dele que não fui o primeiro a chegar. A essa hora ele já estaria sem os dentes — disse Humberto.

Curiosa, minha avó materna perguntou:

— Por que razão o ajudou?

— Por minha experiência, sei que por trás da prepotência existe uma grande frustração, e por isso o rapaz carrega com ele a maldição do preconceito…

— Por isso mesmo que deveria ter deixado ir preso — respondeu vô Viriato, interrompendo a conversa.

— O preconceito precisa ser vencido, e para isso acontecer não será através das sombras da violência ou de xingamentos.

— E como seria, então? — perguntou, indignado.

— Através do perdão! Acreditem, as pessoas realizadas e felizes jamais serão preconceituosas. Esse sentimento mesquinho nasce das frustações daqueles que não alcançam o sonho que almejam.

Vô Viriato e Humberto continuaram discordando da teoria de tio Stéfano. No entanto, em um futuro próximo, o policial Antônio começou a cursar a faculdade de Direito, formou-se e conseguiu dar uma vida mais confortável à família. Desde esse dia, começou a tratar as pessoas com respeito, independentemente da cor, religião ou classe social.

Vendo que não os convenceria, tio Stéfano mudou o rumo da conversa e começaram a rir das piadas de Humberto, que contou uma de suas façanhas. Ele foi a pessoa mais engraçada que conheci! Lembro que meu tio ria todo tempo de suas histórias, e eram tantas: a da extrema unção, a das cinzas do papai; algumas eram tão fortes que meu tio não me deixava ouvir, outras prefiro não as contar. Eram tão engraçadas que muitos vão achar ser pura invenção.

As lembranças daquele domingo ainda estão presentes. Enquanto ríamos das proezas de Humberto, o telefone de tio Stéfano tocou. Era uma emergência no hospital. Às vezes, algumas coisas acontecem para nos deixar tristes, ou talvez seja Deus nos testando para medir o tamanho da nossa fé.

Tio Stéfano me deu um beijo no rosto e saiu apressado. Ele foi avisado que duas pessoas foram baleadas e já estavam a caminho do hospital.

***

Horas antes, um meliante chamado Afonso Leal assaltou um minimercado no centro da cidade. O criminoso, dono de uma extensa ficha criminal, saíra dois dias antes da cadeia. Ainda quando jovem, começou com pequenos furtos, mas logo seu desprezo por valores morais o transformou em um delinquente sem piedade.

Enquanto mostrava a arma e exigia dinheiro do caixa ao microempresário Tales Arruda, que em pleno domingo trabalhava para sustentar sua família, enfureceu-se ao contar a parca quantia que lhe foi repassada:

— Cadê o resto da grana? — gritou, já apontando a arma.

— Eu tenho só isso! Acabei de pagar um fornecedor.

— Passa a porra do dinheiro e deixa de sacanagem!

— Sacanagem! Não vê que estou trabalhando? Diferente de ti, que está me roubando — falou, sem conseguir conter a indignação.

— Então sente o gosto do meu trabalho — respondeu, desferindo dois tiros em seu abdômen.

A esposa do empresário, que presenciava a cena, começou a gritar desesperada:

— Por que você fez isso?! Nós temos dois filhos!

— E eu com isso! — respondeu, sorrindo.

Nesse momento, Afonso Leal ouviu sirenes da polícia e, não satisfeito com a maldade perpetrada, ainda falou:

— Se eu for preso por causa de vocês, volto e mato todo mundo!

Sem apresentar nenhum remorso, subiu em uma motocicleta, fruto de um roubo, e saiu em disparada. Cerca de dois quilômetros depois, bem próximo ao hospital, os policiais o cercaram e iniciou um tiroteio. Tenente Culari, que horas antes prendeu e soltou um colega por conta do preconceito, baleou o criminoso três vezes e, ao se aproximar dele, disse:

— Desgraçado! Tomara que vá logo para o inferno.

Afonso Leal sorriu e respondeu:

— Não vai ser dessa vez! Me leve de uma vez ao médico.

Tenente Culari não se aguentou e desferiu dois socos em seu rosto, arrancando-lhe os dentes tortos que ainda preservava na boca.

— Tá maluco, tenente — disse o sargento, e carregou o baleado até o hospital que ficava a poucos metros dali.

Enraivecido por não conseguir dar um fim no criminoso, o policial Culari sentiu um desprezo pela legislação brasileira, que permitia criminosos daquela estirpe serem soltos.

Quando tio Stéfano chegou ao hospital, o assaltante já estava na sala cirúrgica; nem sequer perguntou o ocorrido, apenas lhe disseram que o paciente foi atingido por três disparos de arma de fogo e, quando começou a fazer os primeiros procedimentos, foram interrompidos pelo gerente administrativo:

— Dr. Stéfano, chegou outra emergência. Um homem foi baleado por um assaltante com dois disparos e, se não for operado agora, vai morrer.

— Conseguiram outro cirurgião para atendê-lo?

— Por isso estou aqui. Não tem mais ninguém!

— Tem certeza disso? Não consigo operar os dois ao mesmo tempo!

— Não estou pedindo isso! — disse, com a voz firme.

— O que está sugerindo?

— Sei que é complicado, mas esse paciente aí saiu da cadeia dias atrás, e já foi assaltar o outro que estava trabalhando com a família. — Apontou com desprezo e continuou: — A polícia me disse que ele sorriu ao balear o trabalhador e ainda afirmou que voltaria para matá-los!

A equipe médica revoltou-se ao ouvir a história, e o anestesista não se conteve:

— Filho da mãe, como foi capaz de fazer isso?

— Eu fiz, e daí porra. O que você tem a ver com isso? — respondeu Afonso, ainda consciente.

— Está me propondo que eu o deixe morrer na mesa cirúrgica? — perguntou Stéfano, confuso.

— Não, pelo contrário, estou te implorando que salve a vida de um trabalhador, pai de dois filhos.

— Nossa Senhora Medianeira, me ajude a ter a atitude certa.

— Quem sabe entramos em contato com o setor jurídico — questionou o instrumentador cirúrgico.

— Até nos responderem, os dois já morreram! — respondeu Stéfano.

— Ninguém vai sentir falta dessa imundície! — falou o anestesista.

— Ainda não preencheram os formulários, ou seja, não existe nenhuma prova de que o atendemos primeiro — afirmou o gerente administrativo.

— O problema não é esse, mas, sim, nossas consciências — respondeu Stéfano.

— Então, o que diz a tua consciência: salvar um marginal e deixar um pai de família morrer? — insistiu o anestesista.

— Não me deixem morrer, seus desgraçados, eu também tenho um filho! — gritou Afonso Leal. Essas foram suas derradeiras palavras.

"Ele também tem um filho", pensou Stéfano e lágrimas lhe escaparam dos olhos. Mesmo assim, deixou-o ali. Concluiu que era a coisa certa a fazer, sabendo que aquela atitude o atormentaria.

Tales Arruda já estava inconsciente: perdera muito sangue, seu estado de saúde era crítico, e, quando Stéfano começou a operá-lo, orou à sua santa: "Por favor, Mãe Medianeira, não me deixe perder dois homens hoje."

A cirurgia demorou cerca de cinco horas. Ao terminá-la, Stéfano, já exausto, foi dar a notícia à família. A esposa e o dois filhos adolescentes o esperavam em pânico:

— Como está o meu marido? Por favor, me diz que ele vai sobreviver! Ele é um homem bom.

— O senhor conseguiu salvar a vida do meu pai? — perguntou o filho mais novo, chorando.

— Ele perdeu muito sangue, um dos disparos atingiu em cheio o estômago...

— Meu Deus! Ele morreu — interrompeu a esposa aos prantos.

— Calma...

— Como "calma", doutor? Meu pai morreu!

— Ele sobreviveu ...

— O papai está vivo! — gritou o filho e desmaiou de emoção.

— Sim, era isso que iria falar...

— Mas eu vi o enfermeiro dizendo que ele somente seria salvo por um milagre! Meu Deus, doutor, o senhor o salvou — e os três começaram a beijá-lo.

Pelo menos naquele instante, Stéfano experimentou um alívio, e pensou: "Muito obrigado, Mãe Medianeira."

***

Já era tarde quando tio Stéfano chegou em casa. Seu pensamento estava distante. Eu estava fazendo companhia à tia Clara e esperando-o chegar. Adorava brincar com ele no domingo à noite, eram os momentos que mais conversávamos. Tinha combinado com tia Clara de dar um susto em meu tio, e ela me vestiu com uma fantasia de bruxa. Mesmo quando ele entrou em casa, não senti o seu cheiro, mas escutei sua voz e me escondi atrás da porta:

— Eu sou a bruxa! — gritei.

Nunca tinha visto meu tio tão triste. No primeiro momento pensei que fosse por causa do meu susto, e logo o alertei:

— Oi, tio Stéfano, não é a bruxa, sou eu, Theodora — e corri para seu colo, como sempre fazia.

Mesmo tendo passado muitos anos, recordo com exatidão o seu olhar. Porém, quando dei um beijo em seu rosto, pude sentir ao menos um pouco do seu aroma de gengibre e mel.

No outro dia, bem cedo, tio Stéfano operou o comandante da polícia militar, e sentiu um pouco de alegria ao saber que o salvou. Nesse mesmo dia, pelo que me disse, atendeu pacientes pela tarde e foi me buscar no colégio. Sua expressão ainda continha insatisfação, e eu não sabia o que falar para alegrá-lo. Porém, mesmo carregando uma tristeza que parecia atingir sua alma, ele continuava sendo carinhoso. Me levou na confeitaria e depois me fez um pedido:

— Podemos ir na igreja? Preciso falar com um amigo.

— Claro, tio — respondi, alegre, e como sempre ele fez todas as minhas vontades e me deixou escolher o meu doce predileto.

Ao chegarmos na igreja, as luzes já estavam acesas, a noite começava a dar os primeiros sinais. Mostrei algumas estrelas ao meu tio, que se alegrou, ao menos um pouco, quando apontei para o céu e lhe mostrei as Três Marias. Padre Francisco já o esperava.

— O que houve, meu caro? — perguntou, preocupado.

O religioso me deu alguns brinquedos e me levou a uma sala. Entretanto, eu me escondi atrás da porta e escutei toda a conversa.

— Eu pequei!

— Você? Como assim? — questionou, surpreso.

— Logo eu que deveria salvar vidas, acabei por incidir no 5° mandamento.

— Espera aí! Creio que confundiu o número, esse mandamento é "não matarás".

— Foi esse mesmo o meu pecado.

Pela fresta da porta, observei a expressão impressionada do padre Francisco, enquanto os olhos de tio Stéfano encheram-se de lágrimas. Lembro até hoje, e ainda sinto um aperto no peito.

— Calma, deve ter uma explicação para isso. Por favor, conte todos os detalhes.

Por cerca de trinta minutos ficaram conversando, até que o religioso deu um alento ao coração de tio Stéfano, explicando que ele faria a mesma coisa. Afirmou que situações como essa fazem parte do verdadeiro mistério da vida. Mas quando meu tio lembrou que o criminoso também tinha um filho, voltou a chorar.

Dialogaram mais um pouco, e chegaram a um acordo. Tio Stéfano iria cuidar do filho de Afonso Leal. Mas, depois da insistência do religioso, ele concordou que padre Francisco, e não ele, procuraria a mãe do garoto.

Somente anos mais tarde é que fui descobrir que logo na outra semana um menino com expressão abatida que começou a estudar na minha escola, era o filho de Afonso Leal. No primeiro dia, ele apareceu com uma roupa simples e chinelo de dedos, mas em seguida passou a usar roupas e tênis limpos. Gostaria muito de saber qual foi o seu destino, mas, depois que ele completou o ensino fundamental, nunca mais o vi.

Soube na minha vida adulta que, quando padre Francisco comunicou sua mãe que a igreja a ajudaria por conta da falta do marido, ela respondeu: "Vai entender como é a vida. Somente depois de morto vou ter um pouco de paz, e ainda receberemos ajuda. Bem que poderia ter morrido antes!" Ao que parece, o falecido era tão ruim dentro de casa como era na rua.

Porém, padre Francisco precisou repetir esse diálogo inúmeras vezes para que meu tio recuperasse a alegria de viver. Demorou alguns meses até que seu cheiro de gengibre e mel voltasse a invadir minhas narinas como antes.

As coisas pareciam melhorar. Era uma quarta-feira, dia 11 de novembro de 2009, eu e meu tio assistíamos ao último filme do Homem-Aranha, que ele locou para vermos juntos. Fazendo um parêntese agora, me impressiono como o mundo evoluiu nas últimas décadas; quando contei para os meus netos que tio Stéfano precisava ir até uma locadora de DVDs para vermos filmes, eles me confessaram que nunca imaginaram que uma loja com essa finalidade um dia existiu.

Quando terminamos o de assistir, começou o Jornal Nacional. Um repórter entusiasmado declarou que a Organização das Nações Unidas acabara de declarar que o dia 18 de julho seria celebrado como o Dia Internacional de Nelson Mandela. Lembro da alegria de tio Stéfano ao ouvir a notícia.

— Merecido! Muito merecido! — ele disse, vibrando.

— Por que ele recebeu essa homenagem?

— Era um grande homem, ficou 27 anos preso injustamente e, mesmo assim, continuou lutando contra a segregação racial.

— Mas hoje é 19 de novembro. Não entendi o motivo da homenagem ser em outro dia.

— Isso é pelo fato de ele ter nascido em 18 de julho do ano de 1918.

— Ah, entendi — respondi, fascinada.

Meu tio tinha resposta para quase tudo, por isso adorava conversar com ele.

Enquanto ainda vibrava por Nelson Mandela, o telefone tocou.

— Alô — falou, ainda radiante.

Escutei bem a conversa, pois tio Stéfano tinha colocado no viva-voz o telefone.

— Olá, meu filho — disse vó Neuza.

— Que voz é essa?

— É que algo muito triste aconteceu.

— O pai está bem? — questionou, assustado.

— Está, sim.

— Mas o que foi que aconteceu, então?

— O seu Cristóvão acaba de falecer! Ele infartou.

Tio Stéfano parou de falar. Ele tentou, mas não conseguiu dizer uma única palavra.

Fico imaginando o que se passou em sua cabeça, ainda mais depois de saber de toda a importância que esse homem teve em sua vida. Por coincidência, faleceu no mesmo dia em que Nelson Mandela foi homenageado. Não estou comparando o tamanho da luta de ambos, mas, de uma maneira ou outra, os dois pensavam parecido sobre a ignorância do racismo.

Demorei um pouco para entender como funciona a vida, mas compreendi que, muito embora Cristóvão Alberto fosse um homem bom, logo seria esquecido; diferente de Mandela, que seria lembrado por séculos.

Tio Stéfano me deixou em casa e foi despedir-se do homem por quem tanto prezava. Impressionei-me ao saber que foi meu tio quem custeou todos os atos fúnebres; parecia que a viúva e o filho Herculano não deram a mínima importância, enquanto o outro filho, chamado Vicente, até que derramou algumas lágrimas. Mas todos diziam que ele era estranho e que vivia boa parte do tempo trancado em seu quarto.

Os empregados cavaram a sepultura perto do colégio. Tio Stéfano fez questão de pedir que ele ficasse enterrado em um local que avistasse a escola, pois assim, em seu descanso eterno, poderia ter um pouco de paz que não teve em vida, ao relembrar quantas pessoas foram alfabetizadas e educadas por seu gesto caridoso.

Os dias que se sucederam foram muito tristes para meu tio. O tempo foi passando, celebramos o Natal e o Ano Novo em família, e aos poucos o cheiro de gengibre e mel retornava.

Eu tinha sete anos e por isso guardava a ingenuidade de uma criança. Nessa época, achava que as pessoas ruins moravam sempre longe da minha família, ainda mais quando ouvia notícias de seres desprezíveis.

No dia 25 de janeiro de 2010, assisti na televisão que Ali Hassam al-Majid foi executado por enforcamento. O jornalista explicava em detalhes que, em junho de 2007, o Supremo Tribunal Criminal Iraquiano o condenou por crimes contra a humanidade pelos delitos cometidos entre os anos de 1968 e 2003. O repórter criticava a demora do julgamento e também a morosidade entre a sentença e a execução.

Dentre tantas atrocidades que cometeu quando era ministro do ditador Saddam Hussein, foi o mentor de um genocídio contra os curdos em 1988, onde milhares de civis inocentes foram mortos com gás venenoso. Impressionei-me ao ouvir que mais de 180 mil pessoas, incluindo mulheres e crianças, haviam sido assassinadas, além de quase dois milhões de pessoas perderem suas casas. Imaginei a cena das famílias perdendo seus lares e chorando a perda dos entes queridos, e me emocionei.

— Calma, Theodora. Isso foi bem longe daqui.

— Eu sei, tio. Mas fico triste por essas pessoas.

Como eu disse, nessa altura da minha infância imaginava que as pessoas ruins moravam distantes de nós. Enquanto meu tio trocava o canal da televisão e procurava um desenho animado para assistirmos, o telefone tocou. Era vó Neuza.

— Oi, mãe. Está tudo bem?

— Mais ou menos.

— O que foi que aconteceu dessa vez?

— Lembra do Vicente, o filho do seu Cristóvão?

— Claro que lembro.

— Ele se enforcou!

— Puxa vida.

Dessa vez tentei entender por que razão um homem tão mau em outro continente foi executado da mesma maneira e no mesmo dia que um outro tão insignificante tirou a própria vida. Até hoje não consegui estabelecer um parâmetro para a resposta.

Cinco dias depois, era o último sábado daquele distante mês de janeiro. Desde que prometeu no dia do casamento, tio Stéfano reservava essa data para ir até a casa dos pais e atender os empregados da fazenda na sede do colégio.

Eu adorava ir até lá. O tio me deixava atender junto, só pedia para eu sair da sala de atendimento quando alguém tivesse uma fratura grave ou algo parecido. Embora eu insistisse para ficar, ele nunca deixava. Sempre chegávamos cedo da manhã e, depois de cuidar dos doentes, íamos à casa dos meus avós, e vô Antônio sempre esperava com o pônei encilhado para eu cavalgar pelo campo. Isso faz tanto tempo, mas, cada vez que lembro, sinto saudades.

Entretanto, ao chegarmos, fomos surpreendidos com um cadeado na porta da escola e com recado escrito em uma cartolina. Eu era criança, mesmo assim, chamaram a minha atenção os erros de português:

"Esse colégio fexou! Apartir de oje terminou a esplorassao! Asinado: Eunice Crisóvão."

Enquanto eu me impressionava com a maneira que a mulher escreveu o recado, tio Stéfano indignou-se ainda mais ao ver que algumas pessoas já aguardavam para ser atendidas. Inclusive um homem com o braço quebrado por conta de uma queda de cavalo. Pego de surpresa, tio Stéfano falou:

— Por favor, vamos até a casa dos meus pais. Lá atendo todos com calma.

Ao falar com os pacientes, tio Stéfano deu-se conta que as maldades de Eunice não se limitavam a fechar a escola. Segundo os pacientes lhe relataram, ela e o filho Herculano haviam contratado um advogado de Santa Maria, conhecido por dr. Clóvis.

— Mas o que esse advogado quer aqui? — perguntou meu tio a uma mulher com febre alta.

— Esse homem é um grosso. Chega aqui cheirando a bebida e nos ameaça!

— Ameaça? Como assim?

— Ele disse que o seu Cristóvão fazia tudo errado! E grita para que a gente assine uns papéis!

— Meu Deus! Me diga outra coisa, o Vicente foi enterrado ao lado do pai?

— Bem capaz. Ela disse para todo mundo que o filho não seria enterrado de frente para a escola que negros frequentavam.

— E onde foi velado?

— No cemitério municipal de São Sepé. Dizem por aí que não tinha nem seis pessoas para pegar as alças do caixão.

Tio Stéfano ficou triste com os acontecimentos, teve vontade de conversar com Eunice, mas percebeu que não adiantaria nada. Planejamos ficar todo o final de semana por lá, mas o ocorrido nos fez retornar. Meu tio ligou para o Humberto e contou os fatos.

— Dr. Stéfano, fique tranquilo. Hoje mesmo meu chefe irá atendê-lo com a sua equipe.

Tem pessoas que nos encantam desde o princípio. Nunca tinha conhecido um advogado, e o chefe do Humberto chamava-se Matheus Britto. Era um renomado jurista com um pouco mais de 40 anos. Tia Clara pediu que eu ficasse em casa, mas fiz questão de acompanhar tio Stéfano. Ele estava triste, e mais uma vez eu mal conseguia perceber seu aroma de gengibre e mel.

— Vamos descer do carro, Theodora, isso é assunto de adulto!

— Vou ficar com meu tiozinho — respondi.

— Por favor, fique comigo! Vou comprar o doce que mais gosta!

— Não, tia Clara, vou ficar com o meu tio! — disse, enquanto lágrimas caíam dos meus olhos.

Tio Stéfano não suportava me ver chorar e, quando viu meus olhos encharcados, não resistiu.

— Deixa ela ir comigo, depois a levo na confeitaria!

— Oba! — falei, e meu choro logo se transformou em alegria.

Como dizia, nesse dia me encantei com uma pessoa. O dr. Matheus Britto era uma pessoa fascinante, e gostei ainda mais dele ao saber sua história de superação. De uma maneira ou de outra, sua trajetória era um pouco parecida com a do meu tio: os dois eram filhos de pessoas simples, que alcançaram o sucesso graças aos seus respectivos esforços e por terem sido ajudados por seres humanos iluminados.

O que vou falar agora é muito importante na minha vida. Adorei conhecer o dr. Matheus Britto, para mim um exemplo de inteligência, educação e caráter. Mas quando falo que me encantei por alguém, não estou falando dele, mas, sim, de seu filho, Everton Júnior.

Mesmo depois de mais de meio século desse dia, rememoro exatamente o que aconteceu.

— Muito prazer, dr. Stéfano. O Humberto sempre fala da tua bondade e de quanto é humano. Pena nos conhecermos nestas circunstâncias.

— O prazer é meu, dr. Matheus. Muito obrigado por me receber em pleno sábado.

— Eu é que agradeço a confiança.

— Deixa eu lhe apresentar... Essa é a Theodora, minha sobrinha, mas para mim é como se fosse filha.

Ah! Como eu ficava feliz quando escutava isso. Parecia que ele sabia e sempre fazia questão de repetir, mas o que me surpreendeu foram as próximas palavras do advogado. Ele começou a apresentar a equipe que trabalha em seu escritório, eram pessoas formais que usavam terno e gravata em um sábado à tarde, e quando não tinha mais homens de meia-idade a apresentar, falou:

— Esse é o Everton Júnior, meu filho. Ele só tem 17 anos, acabou de ser aprovado no curso de Direito da Universidade Federal de Santa Maria, mesmo assim já o coloquei no trabalho.

Ao olhar o Everton, percebi um olhar vago, distante. Era como tivesse sofrido em um passado recente. Me aproximei dele, e disse:

— Oi, Everton, meu nome é Theodora — falei, alegre.

— Muito prazer em conhecê-la, pequena Theodora. Tens os olhos lindos! — disse, dando-me um beijo educado em uma das minhas bochechas.

Nesse momento, senti um aroma de erva-doce invadir as minhas narinas, e tive certeza de que, muito embora um olhar de tristeza o perseguisse, era uma pessoa boa. Eu nunca me enganava com o cheiro das pessoas. Reparei também que ele não guardava nenhuma semelhança física com seu pai, mas fiquei com vergonha de perguntar.

Os adultos conversaram por mais de uma hora. Tio Stéfano contava todos os detalhes, enquanto os advogados anotavam. Dr. Matheus Britto concluiu que os causídicos trabalhistas de sua banca iriam fazer uma reunião com os empregados da fazenda na casa dos meus avós emprestados. E, antes de se despedir, tio Stéfano falou:

— Já ia me esquecendo de uma coisa. Creio que pode ser importante.

— Diga lá — respondeu dr. Matheus.

— A Eunice contratou um advogado, que está ameaçando as pessoas.

— Explique melhor.

— Os moradores são trabalhadores do campo, gente simples e de certa forma ingênuos. Esse sujeito os está ameaçando para que assinem documentos.

— Que horror! Profissionais como esses envergonham a classe. Sabe o nome dele?

— O chamam de dr. Clóvis.

Eu notei o mal-estar que se instalou no ambiente. O cheiro de erva-doce de Everton Júnior, que parecia tão intenso, sumiu como num passe de mágica.

— Não pode ser! — falou dr. Matheus, visivelmente irritado. — Sabe o sobrenome dele, ou ao menos alguma característica?

— Sei apenas que é um mal-educado que, ainda por cima, fede a cachaça.

— Então é ele! — respondeu Everton Júnior.

Anos mais tarde, quando soube toda a história e o que esse advogado fez com o pai biológico do Everton, tive a mais absoluta certeza que não é somente do outro lado do oceano que existem seres humanos desprezíveis.

CAPÍTULO XIII
O terremoto e a maldição

Passou quase um mês. Tio Stéfano despediu-se de mim com beijos e muitos presentes, pois ficaria alguns dias na capital do Chile, Santiago. Ele foi convidado a palestrar em um congresso e operar pacientes nesse local. Eu estava sentindo um vazio, parecia que algo ruim aconteceria naquela região.

Horas depois, tia Clara ligou a televisão e começou a chorar ao ver um repórter noticiando que um sismo de magnitude gigantesca atingiu a região central desse país, e que um tsunami, em boa parte do Oceano Pacífico, era iminente. Recordo que rezei olhando a imagem de Nossa Senhora Medianeira incontáveis vezes. Nunca imaginei, até então, que tio Stéfano poderia morrer. Em minhas orações, simplesmente não admitia isso. Meu Deus, como eu sofri nesse dia.

Era um sábado, dia 27 de fevereiro de 2010. Nunca esquecerei essa data. Mais tarde, soube que o terremoto matou mais de 800 pessoas. Fiquei triste com a notícia, mas confesso que pensava e rezava apenas por tio Stéfano.

Quando o desespero parecia tomar conta de mim, senti um leve cheiro de gengibre e mel. Cheguei a pensar que era o seu espírito, e lágrimas brotavam sem parar dos meus olhos. No entanto, o aroma foi ficando mais forte e, em meio ao pânico, recebi um beijo no rosto.

— O que houve, Theodora?

Custei a acreditar que era realmente o meu tio e não o seu espírito, e aos prantos, respondi:

— Tio Stéfano, é você mesmo?

— Quem mais poderia ser? — brincou.

Ele me abraçou e chorei muito, não sei por quanto tempo, mas tio Stéfano ficou abraçado a mim até que eu me acalmasse.

— Achei que o senhor tinha morrido — respondi.

— Que isso! Sempre estarei contigo!

A maioria das frases que ouvimos se dispersam em nossa memória, talvez pelo fato de escutarmos muita coisa. Entretanto, aquelas palavras, "Sempre estarei contigo", nunca saíram do meu pensamento e admito que se tornaram um dos maiores mistérios da minha vida.

Saber que o voo para a capital chilena foi cancelado e meu tio voltou inteiro para casa acalmou o meu coração. A partir desse dia, comecei a carregar comigo uma imagem da Nossa Senhora Medianeira.

Tia Clara também parou de chorar e passamos o resto do dia em casa. Como nos divertimos naquela tarde. Ao anoitecer, estava tão exausta com as brincadeiras que dormi na sala de estar. Fiquei sabendo que tio Stéfano me carregou até a cama do quarto que ele montou para mim, e sussurrou em meu ouvido: "Anjinho da guarda, meu amiguinho, leve sempre a Theodora para um bom caminho." Ao lembrar dessa época, ainda me emociono!

Dias depois, tio Stéfano atendia na clínica, enquanto tia Clara a administrava. O calor sufocante do início de março começava a amenizar com pingos de chuva, que logo se transformaram em uma tormenta. Entre um paciente e outro, a secretária pediu licença:

— Dr. Stéfano, tem uma mulher meio estranha ligando sem parar. Disse que te conhece há muito tempo...

— O que ela precisa? — interrompeu-a.

— Confesso que não entendi.

— Qual o nome dela?

— Eunice Alberto. Foi a única coisa que consegui entender.

— Passe a ligação, o que será que ela quer?! — perguntou, pegando o telefone: — Alô...

— Stéfano, eu preciso de ti!

— Tem alguém doente?

— Não, se fosse por isso deve imaginar que não te procuraria — disse com grosseria.

— Passar bem — falou e, quando foi desligar o telefone, ouviu Herculano gritando:

— Por favor, mãe, peça pra ele e, se precisar, implore.

— Pedir o quê? — perguntou, quase se arrependendo de não ter desligado.

— Preciso do padre Francisco.

— Por que precisaria dele? Passou toda a tua vida o desprezando.

— Eu sei que ele faz exorcismo! Essa casa está amaldiçoada!

— Tá bom, tenho mais o que fazer. Se quiser, mando o Velho Becca aí rezar da maneira dele! — falou, aos risos, e encerrou a conversa.

"Agora a racista da Eunice enlouqueceu de vez", pensou tio Stéfano e retornou ao trabalho. Exausto pela rotina, chegou em casa de noite e foi jantar com tia Clara. Abriram uma garrafa de vinho e, ao relatar a história da casa amaldiçoada, resolveram saber mais detalhes e ligaram para vó Neuza. Meu tio sabia que ela se impressionava com relatos sobre fantasmas.

— Oi, mãe.

— Meu filho! Que saudade!

— Quando vem nos ver?

— Acho que vai demorar um pouco.

— Por quê? Não diga isso! Sentimos muito a tua falta.

— É que descobri que tem fantasmas por aí! — falou, rindo.

— Não brinque com essas coisas!

— Vai me dizer que também acredita nessas baboseiras?

— Se não acredita na tua mãe, pergunte aos funcionários da casa. Ninguém mais se anima a pousar lá!

— Como assim?

— Eles ouvem sussurros e portas se abrindo na madrugada.

— Deve ser porque não as fecham, ou é alguém se passando por fantasma! — respondeu em gargalhadas.

— Não é, meu filho! Tenho certeza. Por favor, chame o padre Francisco aqui.

— Ora, mãe. O padre Francisco é um homem muito ocupado, imagina que vou incomodá-lo por causa dessas besteiras.

— Sabe o que dizem por aqui?

— Sei lá! Quem sabe, manda o Velho Becca dar uma averiguada.

— Não, isso é muito sério!

— Tá bom, mas me fala, o que dizem aí? — perguntou, quase perdendo a paciência.

— É o espírito do seu Cristóvão que não consegue descansar em paz. Por favor, meu filho, faça isso pela alma do teu amigo.

— Mas, mãe…

— Não te custa nada. Te peço, em nome da Nossa Senhora Medianeira.

Às vezes tio Stéfano me contava as inúmeras histórias de assombrações que ouvia quando criança. Sabia da criatividade daquelas pessoas. Para ele, tudo não passava de mera imaginação. Jamais atenderia a um pedido daqueles. Contudo, sua mãe insistiu tanto que resolveu falar com o religioso.

Antes da primeira cirurgia, cedo da manhã, tio Stéfano foi até a igreja e, mesmo desconfortável, contou o que ouviu e pediu a intervenção do padre Francisco.

— Desculpa, meu amigo, acho tudo isso uma bobagem, mas foi minha mãe quem pediu.

Atento, o religioso ouviu a história, imaginando o que, de fato, poderia ser verdade ou mera imaginação.

— Não posso negar um pedido teu. Tenho apenas um empecilho.

— Qual seria?

— Estou com um pequeno problema na perna. Creio que não consigo ir dirigindo.

— Já resolvo isso — disse, e fez uma ligação.

— Olá, dr. Stéfano. Que grande dia hoje! — disse uma voz do outro lado da linha.

— Não estou sabendo, Humberto. O que aconteceu?

— Ora, o que aconteceu! Este comissário foi acordado por essa grande personalidade — disse rindo.

— Você é uma figura! Olha só, pode me fazer um favor, é que…

— Claro que posso — interrompeu.

— Mas você nem sabe o que é.

— Nem preciso saber, o pedido do médico que salvou minha mãe será sempre uma ordem.

Tio Stéfano o adorava. Relatou o acontecido, ao mesmo tempo que tentava conter as gargalhadas por conta das respostas de Humberto, mas não se conteve ao ouvir uma delas:

— Diz para o padre aí que não precisa se preocupar!

— Por que razão?

— Uma vez tive em Israel com o dr. Matheus…

— E aí? — interrompeu, curioso.

— Gastei uma grana, mas comprei uma algema especial lá.

— "Algema especial"? Que bobagem é essa, Humberto?

— É verdade. Ela consegue prender fantasmas! — falou aos risos.

Combinaram que tio Stéfano levaria o padre Francisco até a casa de Humberto; meu tio apreciava muito a sua companhia, não importava o momento que fosse, ele sempre dava um jeito de fazer o meu tio sorrir. Ao chegarem, ele já os esperava com o carro na frente da casa, com um revólver na cintura e uma mochila pendurada no ombro.

— O senhor não vai levar mais roupas? — perguntou, sério, ao religioso.

— Não precisa, voltamos ainda hoje!

— Sei disso, mas mesmo assim vou levar — falou, já esperando a pergunta.

— Não entendi.

— Ora, padre. Vai que tem mesmo esse tal de fantasma. Preciso me prevenir!

— Agora que não entendi mais nada. Pode me explicar?

— Vou levar cinco cuecas!

— "Cinco cuecas"? Por acaso enlouqueceu?

— Não, padre, vai que eu me borre ao ver esse tal de fantasma. Não posso sujar meu carro, se é que ele vai nos deixar voltar! — respondeu às gargalhadas.

Tio Stéfano precisou sentar na calçada: não conseguia ficar em pé de tanto que ria. E a cada vez que Humberto imitava sons fantasmagóricos com assobios esquisitos, mais meu tio ria. Todos adorávamos o Humberto, foi de longe a pessoa mais engraçada que tive o prazer de conhecer.

E, assim, os dois percorreram mais de uma hora e meia até o final do trajeto, e nem mesmo padre Francisco conseguiu conter as risadas ao ouvir as piadas de Humberto.

— Chega de risos, Humberto. A coisa pode ser séria!

Ao ouvir as palavras do religioso e prestar atenção em seu semblante, sentiu um pouco de medo e se calou.

— O que devo fazer? — perguntou.

— Nada, nem diga que é policial. Se eles perguntarem, fale apenas que é meu assessor e evite perguntas.

— Sim, senhor — respondeu.

Permaneceram por horas na residência que um dia foi de Cristóvão Alberto. Primeiro, padre Francisco ouviu os relatos de Eunice e Herculano, ambos estavam aterrorizados. Depois, escutou os empregados da casa, que repetiam histórias parecidas. No entanto, era como se os fenômenos fossem dirigidos contra a mãe e o filho. O religioso pediu para que todos saíssem da casa, inclusive Humberto. Depois de um longo tempo, chamou a todos. Em pânico, Herculano perguntou:

— Descobriu, padre, que maldição é essa?

— Ainda não, mas posso afirmar que algo muito terrível aconteceu nesta casa!

A partir daí, os empregados se negaram a trabalhar na sede da fazenda, e Eunice começou a residir somente na companhia do filho Herculano.

CAPÍTULO XIV
Os crimes

Confesso que naquele distante março de 2010, pouco me interessavam as notícias. Creio hoje que isso acontecia por dois motivos: eu tinha apenas sete anos, mas o principal pretexto por me interessar tão pouco com os acontecimentos do mundo era a felicidade que tinha em conviver com a minha família. Pensava boa parte do tempo neles, e me alegrava ao saber que minha companhia era disputada por todos.

Naquele mesmo ano, em 1º de março, o ex-guerrilheiro José Mujica assumiu a presidência do Uruguai; quatro dias depois, o presidente português Aníbal Cavaco Silva foi o primeiro chefe de Estado estrangeiro a visitar, de forma oficial, o principado de Andorra, mas, como eu acabei de dizer, isso pouco me interessava.

Depois que tio Stéfano escapou do terremoto que atingiu o Chile, toda vez que surgia a notícia de um novo sismo, experimentava uma espécie de calafrio. Me senti mal ao saber que no dia 8 daquele mês um tremor de terra atingiu a província turca de Elazig, matando mais de 50 pessoas. Foi a notícia que mais me impressionou nesses dias.

O ano letivo tinha começado. Ao chegar na escola, sentia saudades do Homem-Aranha. Ele não estava mais lá, e ficava pensando o que tinha acontecido com ele.

No final desse mês, tio Stéfano atendia pessoas doentes em sua clínica e, entre um paciente e outro, foi interrompido pela secretária:

— A tua amiga Onira está na linha, insiste em falar contigo.

— Claro, por favor, passe a ligação.

— Oi, Stéfano, desculpa te ligar no meio da tarde, mas não sei mais o que fazer…

— Olá, minha amiga. O que foi que houve?

— Estamos sem notícias da Stefania!

— Como assim? Me explica melhor!

— Final de janeiro ela disse que iria de férias com umas amigas a Porto Alegre. Achei meio estranho, até pensei que ela queria sair uns dias para se livrar da Eunice que estava insuportável.

— Que amigas são essas?

— Já procuramos por tudo, mas parece que essas amigas não existem.

— Vou fazer todo o possível para achá-la!

— Ah, Stéfano, que alívio ouvir tuas palavras. Sabia que poderia contar contigo.

Naquela tarde, tio Stéfano não foi me buscar no colégio, mas eu ainda não sabia o motivo. Geralmente quando isso acontecia era porque um caso de emergência surgia. Na verdade, meu tio atendeu o restante dos pacientes e foi até o escritório do dr. Matheus Britto. Era quase noite, mas meu tio sabia que eles trabalhavam até tarde.

— Olá, dr. Stéfano. Que prazer recebê-lo. O senhor gostaria de falar com meu pai?

— Oi, Everton, me desculpa por não ter marcado hora. Na verdade, pretendia falar com o Humberto. Será que ele pode me atender?

— Olha, doutor, é mais fácil chover canivete do que o Humberto não o atender! — falou, rindo, e foi chamá-lo.

— Mas que honra a minha — respondeu, alegre, o comissário aposentado.

— Oi, Humberto, desculpa vir sem avisar...

— Que isso, dr. Stéfano, aqui o senhor manda. Que expressão de preocupação é essa?

— Pois então, confesso que estou aflito.

Vendo a insegurança que meu tio sentia, Everton Júnior trouxe um chá, enquanto Humberto tentava saber do ocorrido:

— Respira fundo, meu amigo. Qualquer que seja o problema, estaremos enfrentando contigo.

— Obrigado, Humberto — respondeu, tomou um pouco do chá e começou: — Na fazenda em que me criei, tenho uma grande amiga. Bem no dia em que fui aprovado no vestibular, a filha dela nasceu e recebeu o nome de Stefania, em minha homenagem.

— Puxa vida, que história bonita — falou Humberto, prevendo o problema. — Então, diga o que aconteceu com ela.

— Aí é que está o problema...

— Como assim? — interrompeu o comissário.

— Ela está sem dar notícias desde o final de janeiro, já se passaram praticamente dois meses.

— Alguma outra vez já aconteceu algo parecido?

— Nunca. Pelo que sei, ela raramente sai de lá. Sempre foi muito obediente aos pais.

— Ela simplesmente desapareceu?

— Não.

— Isso é muito importante. Então, relate o que antecedeu ao desaparecimento.

— Ela disse que iria a Porto Alegre com umas amigas…

— Sabe que amigas são essas?

— Ao que parece, essas amigas sequer existem.

— Muito estranho, mas pode ter certeza que vamos descobrir. Isso é uma questão de honra pra mim. Por acaso, pode descrevê-la?

— Ela completou 31 anos em janeiro, é uma mulher alegre, sempre a vi sorrindo…

Nesse instante, tio Stéfano se emocionou. Anos mais tarde, quando Everton Júnior me contou os detalhes da conversa, experimentei uma espécie de sentimento que até hoje não sei explicar. Ao mesmo tempo que sentia orgulho do caráter do meu tio, ficava aflita por sua agonia.

Humberto consolou o amigo, colocou a mão em seu ombro e disse:

— Calma, Deus é muito grande e vai nos ajudar!

— Assim espero — respondeu, fazendo um sinal da cruz. — Já ia esquecendo, trouxe na minha pasta uma fotografia em que estou com ela e toda a sua família — falou, mostrando a imagem de Stefania.

— Vamos fazer o seguinte, em São Sepé tem um excelente delegado de polícia. Inclusive, ele foi promovido, há pouco, pelo próprio secretário de segurança. Tenho uma ótima relação com ele.

— Por acaso é o delegado Eduardo? — perguntou tio Stéfano.

— Sim, ele mesmo. O senhor o conhece?

— Não o conheço pessoalmente. Sei quem ele é porque o seu pai foi meu professor na faculdade. Ele sempre falava do filho com muito orgulho.

— Deve ter muito orgulho mesmo, pois é um dos melhores delegados do Brasil, além de ser uma pessoa muito humana.

Everton Júnior tirou um xerox colorido, ampliando o rosto de Stefania, enquanto Humberto telefonava ao renomado delegado de polícia. Minutos depois, voltaram à sala onde meu tio esperava.

— Conversei com o dr. Eduardo, ele vai nos esperar na delegacia de São Sepé.

— Ele vai nos atender à noite? — perguntou meu tio, impressionado.

— Eu te disse que o homem é uma fera. Se fosse preciso, tenho certeza que nos atenderia na madrugada.

— Já ia esquecendo...

— Do quê? — interrompeu Humberto.

— Preciso pagar pelo serviço de vocês! Faço questão!

— Nem diga isso de novo! — falou o comissário aposentado.

— Mas vocês estão trabalhando ...

— Por favor, dr. Stéfano, o senhor é nosso amigo. Tenho certeza que meu pai se ofenderia se cobrássemos — interveio o jovem estagiário e filho adotivo de Matheus Britto.

Everton Júnior teve uma infância sofrida, morou em lugares degradantes até parar em um prostíbulo. Quando dr. Matheus soube disso, o adotou no mesmo dia. Nas primeiras noites, o pobrezinho ficava em pânico quando as luzes se apagavam. Sabe-se lá os horrores que presenciou. Por incrível que pareça, foi justamente nessas noites em que Everton Júnior gritava de desespero que ele começou a entender o que era receber amor e carinho.

Anos mais tarde, quando me confessou essas lembranças, precisou de minutos para conseguir concluir pequenas frases: “A recordação que tenho era de que um abismo ia me devorar. E quando não sabia mais o que fazer, alguém me pegou no colo e disse: ‘Calma, Everton, agora está em segurança.’ Lembro que, mesmo chorando muito, perguntei: ‘Mas e amanhã, para onde eu vou?’ Matheus Britto respondeu: ‘Estará na nossa casa e sempre estarei do teu lado, não importa o que acontecer!’ Eu tinha seis anos e ainda sofro ao lembrar daquela época.”

Aprendi ao longo da vida que as maldades deixam marcas profundas, ainda mais em crianças inocentes. Entretanto, um dos maiores erros é quando a vítima tenta combater as injustiças que foram cometidas com raiva e vingança. Na verdade, isso apenas faz com que esses horrores vividos fiquem ainda mais fortes e latentes. No caso do Everton Júnior, o seu pai adotivo mostrou que somente se pode vencer essa batalha através do amor e da compreensão.

No entanto, agora preciso contar sobre o sumiço da Stefania. Mais tarde conto a história de vida do Everton Júnior e de como ele também foi importante para mim.

Naquela noite, meu tio, Humberto e Everton Júnior foram até São Sepé. Ao chegarem na sede policial, o delegado Eduardo estava esperando com mais dois agentes:

— Olá, Humberto, que prazer reencontrá-lo.

— A satisfação é toda minha, delegado. Muito obrigado por nos receber a essa hora.

— Caro, dr. Stéfano, seja bem-vindo. Já o conhecia de nome.

— Nem sei como agradecer... Sou um grande amigo do teu pai.

— Sei disso, acabei de falar com ele pelo telefone. Ele me relatou que foi um dos melhores alunos no curso de Medicina.

— Esse rapaz é o estagiário do escritório, e também filho do dr. Matheus Britto.

— Muito prazer, dr. Eduardo — disse Everton.

— Trouxemos algumas fotos impressas da Stefania. Pensei que poderia ajudar — interveio Humberto.

— Pois então, tomei a liberdade de pegar a imagem dela no sistema e enviei a diversos locais em Porto Alegre. Também já alertei as delegacias do estado e fixei cartazes com seu nome e fotografia.

— Caro dr. Eduardo, posso fazer uma sugestão, mas por favor não me entenda mal — falou dr. Stéfano.

— Claro que sim.

— Eu conheço essa moça desde que nasceu, tenho uma ligação muito forte com a família dela...

— Já dei uns telefonemas e sei que ela recebeu o próprio nome em homenagem ao senhor. Mas, por favor, fique à vontade em sugerir — interrompeu dr. Eduardo.

Não era por acaso que o famoso policial atingiu a última promoção que um delegado poderia alcançar, conferida diretamente pelo secretário de segurança pública. Sem dúvida, era um excepcional investigador.

— Posso oferecer uma recompensa por informações que levem a encontrá-la. Minha intenção não é comprar ninguém, apenas ajudar. Só de pensar no sofrimento dos seus pais...

— Lógico que sei a tua intenção. Não é praxe fazermos isso, creio que muitos aproveitadores tentarão se beneficiar do seu dinheiro, mesmo assim não posso proibi-lo.

— O senhor acha que pode ser útil?

— Pode, sim.

— E quanto eu ofereço?

— Isso depende do senhor.

— Confesso que não tenho a mínima ideia. Que acha, Humberto?

— Olha, doutor, quem sabe oferece 2 mil dólares, desde que a informação seja a responsável por encontrá-la.

— Por mim tudo bem, mas, se a encontrarem, posso oferecer muito mais — disse o médico emocionado.

Conversaram por mais alguns minutos, e logo o alerta de desaparecimento, com a respectiva recompensa, espalhou-se por boa parte do estado do Rio Grande do Sul.

Foram dias tristes na vida de tio Stéfano. Recordo que, ao me buscar no colégio, seu aroma de gengibre e mel era tão fraco que mal percebia. No entanto, após receber um telefonema de Onira e Velho Becca, que estavam em desespero, dirigiu-me a palavra, confessando o que sentia:

— Não saberia o que fazer caso você desaparecesse! — e deu-me um beijo no rosto e, naquele exato instante, senti ao menos um pouco o seu cheiro. — Acho que não conseguiria mais viver!

Hoje eu vejo como sinto falta do seu aroma. Certamente por isso que sempre tenho na minha bolsa um pedacinho de gengibre e um pequeno sachê de mel. Confesso que essas especiarias acalentam a enorme saudade que sinto dele.

Os dias foram passando. Assim como a agonia aumentava, diminuíam-se as esperanças de encontrar Stefania viva. Quando parecia que nada de diferente iria acontecer, o telefone do tio Stéfano tocou:

— Boa tarde, doutor. Poderíamos conversar pessoalmente? Trata-se de uma emergência.

— Sim, delegado. Vou desmarcar os pacientes e estou indo aí.

Enquanto descia até a garagem para entrar no carro, Humberto surgiu:

— Olá, doutor. O delegado me pediu para ir com o senhor.

— Sabe o que aconteceu? — perguntou tio Stéfano.

— Ele só me disse que era uma emergência e pediu para te acompanhar.

— Será que acharam a Stefania? — perguntou, esperançoso.

— Não sei, mas vamos descobrir — disse, tomando o volante do carro e saindo apressado.

Humberto dirigiu tão rápido que chegaram na frente da delegacia em menos de trinta minutos. Velho Becca e os pais de Onira tinham acabado de chegar.

— Por favor, entrem na minha sala — disse Eduardo de forma cortês.

— Oh, meu Deus, diga que encontrou a Stefania — falou Onira, chorando.

O delegado Eduardo era um homem educado e, mesmo vivenciando as mais diversas mazelas provocados por homens terríveis, conseguia transmitir um olhar sereno. Contudo, sua expressão era fantasmagórica. Tio Stéfano chegou a pensar que era por conta do excesso de trabalho. Sabia que, desde que começou a investigar o caso, passava as noites em claro, e por isso nutriu um pingo de esperança.

— Sinto informar…

— Não! Não! Não! — gritou Velho Becca, enquanto Onira passou mal e desmaiou.

Meu tio a pegou nos braços, pediu que Humberto corresse até o carro e buscasse sua pasta. Em instantes a medicou e pediu que a levassem até o hospital. Em meio ao desespero e caos, o policial continuou:

— Encontramos o corpo dela e do bebê…

— Bebê? — perguntou Velho Becca.

— Sim, ela estava grávida.

— Quem foi o desgraçado que fez isso?

— Pode ter certeza de que a justiça será feita e eles serão condenados — afirmou o delegado.

— Eles? — perguntou Humberto.

Entre lágrimas e tristeza, os policiais explicaram a motivação que levaram os criminosos a cometerem os crimes de homicídio qualificado, ocultação de cadáver e aborto.

CAPÍTULO XV
O julgamento e as maldades humanas

Anos mais tarde fiquei sabendo que, no Brasil, a maioria dos crimes são julgados por um juiz togado. Entretanto, nos delitos cometidos com dolo e contra a vida humana, são decididos por sete jurados da sociedade. Esses casos costumam demorar anos, por conta do grande número de recursos processuais cabíveis e também pela morosidade da justiça, que enfrenta incontáveis litígios e um número reduzido de servidores.

Com a triste morte da Stefania, os algozes contrataram o já conhecido advogado dr. Clóvis, famoso por seus golpes e pela sua antipatia. No outro dia, depois de dar a notícia do falecimento de Stefania a meu tio, o delegado Eduardo recebeu na delegacia os dois investigados na companhia do defensor, que pediu para conversar em reservado com o policial.

— Vim aqui acabar com essa palhaçada! — disse dr. Clóvis.

— Não entendi. Do que o senhor está falando? — respondeu o delegado Eduardo.

— Meus clientes me autorizaram a pagar o que for necessário.

— Olha aqui, seu desprezível safado, escuta bem o que vou te falar. Presta bem atenção! — falou, encarando nos seus olhos.

— Sim, sou todo ouvidos à sua proposta!

— Minha proposta?!

— Sim, delegado. Todo homem tem o seu preço!

— A minha proposta é que se arranque daqui antes que eu te prenda! Ouviu bem? — respondeu, aos gritos, enquanto mostrava as algemas.

— Calma, delegado. É uma pena que não aceite, tenho certeza que o magistrado ou o promotor de justiça vão aceitar de muito bom grado!

— Te arranca daqui, e pelo que estou vendo, teus clientes vão permanecer em silêncio. É isso?

— Como eu disse, vou tratar a partir de agora com quem realmente manda!

— Do que está falando?

— Vou ao Ministério Público e, se precisar, vou ter uma conversinha amistosa com o juiz — respondeu, sorrindo.

— Saia fora daqui, seu corrupto incompetente!

Antes que fosse preso, dr. Clóvis saiu apressado da delegacia com os clientes. Imediatamente, o delegado Eduardo providenciou uma certidão de que os dois suspeitos não quiseram dar depoimento. O advogado nem se atreveu a ter a referida conversa com as outras autoridades, sabia da fama de honestos dos magistrados e promotores gaúchos. No entanto, o delegado contou os detalhes da oferta que recebeu aos responsáveis por trabalhar no processo, fazendo com que o julgamento tivesse ainda mais prioridade.

Na semana seguinte, o inquérito policial foi finalizado com o indiciamento dos autores da morte de Stefania. O delegado incluiu o relato da tentativa de suborno. Dois dias depois, o promotor de justiça ofereceu a denúncia e contou o caso ao juiz:

— Esse Clóvis está pensando que somos corruptos! — disse o juiz, já analisando a denúncia no mesmo momento em que foi oferecida.

— Pois é, Excelência, ouvi de fonte segura que já fez os clientes venderem um pedaço de campo. Mas o pior não é isso.

— O que mais ele aprontou?

— Mentiu para os acusados que uma parte do dinheiro é para pagar os próprios honorários, e a outra parte é…

— Não vai me dizer que os enganou dizendo que vai nos subornar!? — interrompeu o magistrado.

— Isso mesmo.

— Desgraçado! Bom, cada um tem o advogado que merece — e se despediram.

O promotor de justiça saiu da sala do juiz com a sensação de vitória. Minutos depois, o magistrado recebeu a peça acusatória em sua integralidade, e ordenou o oficial de justiça que os citassem o mais rápido possível.

Escutei os detalhes desse processo muitas vezes. Meu tio contratou o dr. Matheus Britto para ser o advogado da família de Stefania. Ele explicou que seria habilitado no processo como assistente de acusação e, por mais que tio Stéfano insistisse, negou-se a receber honorários advocatícios.

Assim começou o processo e em tempo recorde ouviram as testemunhas de acusação. Precisava agora ouvir as pessoas indicadas pela defesa para o processo prosseguir.

Dr. Clóvis indicou apenas duas testemunhas. Alegou, em uma rádio local, que elas confirmariam que seus clientes sequer estavam no interior de São Sepé no dia do crime. Com a finalidade de atrasar o andamento do processo, indicou uma testemunha com o endereço residencial no estado do Amazonas. Contudo, logo verificaram que a referida testemunha morrera dois anos antes e, ao descobrirem a farsa, a carta precatória (termo jurídico para viabilizar a oitiva da testemunha que resida fora da Comarca) sequer foi expedida. A outra residia em Santa Maria.

O magistrado fez questão de manter contato com um renomado oficial de justiça, Ruy Cezar, que trabalhava em Santa Maria, para viabilizar o depoimento, e ligou na mesma tarde ao serventuário da justiça pela segunda vez:

— E aí, meu caro Ruy!

— Boa tarde, Excelência! Prazer falar com o senhor novamente.

— Dizem que consegue encontrar uma agulha no palheiro! Quero saber se fez jus a essa fama.

— Esse advogado é um safado! — respondeu, brabo.

— Disso eu já sei! Vai me dizer que essa testemunha já morreu também?

— Essa ao menos está viva, mas fez de tudo para se esconder. Era nítido o seu constrangimento!

— Que bom. Será que ela vai comparecer na audiência ou terá que ser conduzida?

— Isso depende do senhor...

— Como assim?

— A testemunha me confessou que não sabe de nada sobre os fatos.

— Então, são mentiras essas declarações do Clóvis na imprensa, de que os acusados estariam na casa da testemunha? Deve ser uma mera testemunha abonatória.

— Não é só isso, Excelência. É pior...

— Como pior? — perguntou, interrompendo o oficial.

— Ela me confessou que não sabe de nada e que o Clóvis lhe ofereceu 10 mil dólares para confirmar esse álibi mentiroso. Já fiz uma certidão sobre isso, inclusive gravei a confissão!

— Formaliza isso o mais rápido possível.

Na outra semana, o magistrado marcou o depoimento dos acusados. O advogado tentou, em vão, adiar o ato processual. Ficou estabelecido que, caso não comparecessem, seria decretada a prisão preventiva, que foi negada no início do processo pelo fato dos acusados serem réus primários e terem se comprometido a comparecer nas audiências.

Ao serem interrogados, ambos fizeram uso do direito constitucional ao silêncio, alegando que foram instruídos assim pelo defensor, que continuava por insistir que não havia uma única prova contra eles.

O processo foi encaminhado para a elaboração de Memoriais Finais. Segundo Everton Júnior me explicou já na vida adulta, era uma espécie de alegação escrita, primeiro para a acusação, depois para a defesa. Quando chegou a vez de dr. Clóvis apresentar, ele perdeu o prazo. Entretanto, por conta de um princípio chamado de "ampla defesa", o magistrado não poderia julgar a demanda sem essa peça processual. Foi necessário o juiz multar o defensor em 20 salários mínimos por dia de atraso para que ele entregasse a defesa com apenas duas páginas, que se ateve a alegar que a investigação fora uma farsa. Instantes depois da entrega dessa defesa com inúmeros erros de português, a sentença foi proferida de forma totalmente procedente pelos termos da acusação.

Dr. Matheus Britto explicou a tio Stéfano que, nos procedimentos do rito do Tribunal do Júri, o magistrado não tem o poder de condenar o acusado. O máximo que pode fazer é remeter o processo a ser julgado pela sociedade, e foi assim que ele fez. Era a chamada sentença de pronúncia.

Em meio ao sofrimento dos familiares e amigos de Stefania, e até um certo desespero dos acusados que confiavam nas promessas descabidas do defensor, apenas uma pessoa se "beneficiou": dr. Clóvis. Ele mentiu que precisaria de mais dinheiro para comprar outras pessoas e recebeu mais uma boa quantia.

Nos dias que se sucederam, passou gastando os valores em prostíbulos e acabou protocolando o recurso cabível fora do prazo. Aprendi depois que esse "princípio da ampla defesa" que tanto escutei não tinha a mesma abrangência de quando se perde o prazo nos Memoriais.

Com isso, a sessão do Tribunal do Júri foi designada. Dias antes, o delegado Eduardo chamou o defensor em seu gabinete:

— Nossa conversa está sendo gravada, entendeu?

— Sim, faço questão que a grave! O senhor deve saber que sou um advogado íntegro — respondeu em tom de deboche.

— A comunidade sepeense é muito séria. Qualquer interferência que tentar sobre os jurados terá consequências graves!

— Por acaso, o senhor está me ameaçando?! — gritou.

— Encerramos por aqui! Passar bem! — e ordenou que dois agentes o retirassem do gabinete.

***

Tio Stéfano era um médico cirurgião, mas atendia também os pobres com outros problemas. Recordo de quantas vezes ele saiu de casa para medicar doentes infectados pela Gripe A (H1N1). No entanto, os sintomas dessa doença aos poucos foram diminuindo, até que no dia 10 de agosto de 2010 uma mulher chamada Margaret Chan, diretora da Organização Mundial da Saúde, anunciou o fim da pandemia. Essa moléstia foi responsável por mais de 18 mil mortes em pouco mais de um ano. Eu estava na casa dos meus tios quando a reportagem começou:

— Graças a Nossa Senhora Medianeira, conseguimos derrotar a Gripe A — comemorou tio Stéfano.

— Parabéns, amor! Você foi incansável em atender tantos doentes.

Como eu sentia orgulho do meu tio! Era uma época de tristeza e revolta, tudo por conta da morte de Stefania. Mesmo assim, quando tio Stéfano ajudava alguém, o seu cheiro de gengibre e mel exalava, ainda que discreto. Aprendi que ele ficava feliz ao ajudar as pessoas. Sem dúvida foi o homem mais gentil que conheci. Ao lembrar de sua bondade, ainda me emociono!

Ele estava completando 48 anos, e seu olhar entregava as rugas de um homem de quase meio século acostumado a trabalhar até tarde da noite. Porém, bastava prestar atenção em seu rosto para notar a paz que sempre transmitia, mesmo em seus momentos de tristeza.

O julgamento dos algozes de Stefania e de seu filho, que carregava no ventre, estava prestes a acontecer. Ainda lembro de tio Stéfano acalmando as pessoas para não fazerem justiça com as próprias mãos. Nessa noite, logo depois de escutarmos a notícia do fim da pandemia da Gripe A, o pai de Stefania e Velho Becca chegaram sem avisar e pediram para conversar com meu tio. Eu me escondi atrás da porta e escutei a conversa.

— Viemos agradecer mais uma vez por contratar o dr. Britto — disse o pai de Stefania.

— Não precisa me agradecer, vocês são como se fossem a minha família.

Velho Becca sempre teve um cheiro suave que eu adorava, mas, durante a conversa, recordo de sentir um aroma de fumaça. Nesse dia comecei a aprender que, por mais que um homem fosse bom, escondia também um lado perverso que poderia ser despertado.

— Não terá mais julgamento — afirmou Velho Becca e pude sentir o cheiro de fumaça ainda mais forte.

— Tem certeza? O dr. Matheus Britto me garantiu que será na próxima semana, inclusive desmarquei uma cirurgia para estar presente.

— Creio que não entendeu — respondeu o pai de Stefania.

— Então, me explica?

Talvez tio Stéfano não quisesse entender, pois eu, com apenas 7 anos, consegui compreender o propósito daquela informação.

— Hoje de noite, os dois vão morrer. Vão para debaixo da terra, tão fundo que o diabo vai dar risada. Já invoquei meus orixás, eles vão abrir o caminho — afirmou Velho Becca.

Impressionei-me com a raiva com que ele dizia cada palavra e, mesmo com tanto ódio e pouco estudo, Velho Becca falava em um português impecável. Consegui olhar a expressão de tio Stéfano: ele estava assustado. Pensou um pouco e respondeu:

— Os assassinos são eles, não vocês! Por favor, peço apenas que confiem na justiça.

Tio Stéfano ficou mais de uma hora convencendo-os a não matarem os assassinos, até que conseguiu. Por muitos anos, experimentei uma raiva que parecia tomar conta de mim ao saber que meu tio não os deixou agir por conta própria. Demorei muito tempo para entender o verdadeiro significado da vida e seus mistérios.

No dia 17 de agosto de 2010, o julgamento começou. Dois carros estacionaram na frente da casa de tio Stéfano. No primeiro estava Humberto e outro funcionário do escritório de advocacia; no outro, dr. Matheus Britto, Everton Júnior e um policial aposentado. Minha tia despediu-se.

— Por favor, tome cuidado — disse, beijando-o.

— Te amo, meu amor — respondeu tio Stéfano. — E você, pequena Theodora, não vai me dar um beijo? — perguntou, me pegando no colo.

Ao beijar-lhe o rosto, pude sentir seu aroma de gengibre e mel invadir as minhas narinas. Recordo que eu estava com medo, mas Humberto contou-me uma piada que me fez sorrir.

Em pouco tempo chegaram em São Sepé. O Fórum estava completamente lotado, a polícia militar precisou trancar a rua por conta dos manifestantes que exibiam cartazes chamando os réus de assassinos racistas. Quando tio Stéfano entrou no salão do júri e olhou para os dois acusados, sentiu um desprezo ao vê-los com um olhar indiferente a todo o sofrimento que haviam provocado.

Depois de controlar os ânimos exaltados da plateia, o magistrado disse em tom firme:

— Vamos começar o julgamento. Entendo a agonia dos familiares e amigos, entretanto, não vou admitir interferência. Caso tenha manifestação, serei obrigado a retirá-los, não importa quem for!

Sortearam o corpo de jurados. Ficou composto por quatro mulheres e três homens. Os acusados sentarem-se ao lado do advogado Clóvis, e os dois falaram em seu ouvido:

— Como deixou isso acontecer?

— Do que está falando?

— Um negro vai nos julgar?

— E daí? Ainda tem mais seis — respondeu o advogado em tom arrogante.

Após as formalidades legais, foi feito um resumo do processo e lida a denúncia em sua íntegra:

"EXCELENTÍSSIMO SENHOR DOUTOR JUIZ DE DIREITO DA VARA JUDICIAL DE SÃO SEPÉ-RS.

O **MINISTÉRIO PÚBLICO,** por seu Agente Signatário, no uso de suas atribuições constitucionais e legais, com base no Inquérito Policial 104/2010, oriundo da Delegacia de Polícia de São Sepé, vem, respeitosamente, perante Vossa Excelência, oferecer

DENÚNCIA contra

EUNICE ALBERTO, brasileira, viúva, do lar, natural de Cachoeira do Sul, com 75 anos na data do fato, com endereço no interior de São Sepé, sem número; e

HERCULANO ALBERTO, brasileiro, solteiro, fazendeiro, natural de São Sepé, com 53 anos na data do fato, com endereço no interior de São Sepé, sem número, pelas práticas dos seguintes crimes:

FATOS DELITUOSOS:

DO CRIME DE HOMICÍDIO QUALIFICADO:

No dia 25 de janeiro de 2010, por volta das 5 horas, na residência dos acusados, Eunice Cristóvão e Herculano Cristóvão mataram a vítima Stefania, ao efetuarem, em conjunção de esforços e acordo de vontades, três disparos de arma de fogo com um revólver calibre .38 (devidamente apreendido e periciado), sendo que dois disparos atingiram seu abdômen e um outro o rosto, causando-lhe hemorragia interna e externa, culminando em sua morte, conforme Laudo Pericial.

Os denunciados cometeram o homicídio por **motivo torpe**, uma vez que agiram porque a vítima estava grávida do filho da primeira denunciada e irmão do segundo. Inconformados pelo fato de Vicente Alberto ter engravidado uma mulher de cor, mas principalmente pelo pretexto que no futuro a criança teria direito a parte da propriedade, cometeram o homicídio.

O delito foi cometido **mediante meio cruel,** eis que, após atingirem Stefania com dois disparos de arma de fogo em seu abdômen, ainda dispararam um derradeiro tiro em seu rosto, enquanto a mesma agonizava e implorava por socorro.

O homicídio também foi praticado com **recurso que dificultou a defesa da vítima**, uma vez que, de inopino, efetuaram disparos de arma de fogo na vítima, que se encontrava no interior da residência arrumando os pertences de seu namorado Vicente, já que ambos planejavam sair escondidos, justamente porque temiam represálias por parte dos acusados.

As consequências do homicídio foram graves, tanto que no mesmo dia Vicente Alberto acabou se suicidando.

DO CRIME DE ABORTO SEM O CONSENTIMENTO DA VÍTIMA.

Nas mesmas circunstâncias de tempo e lugar, os denunciados, em conjunção de esforços e comunhão de vontades, praticaram o crime de aborto. Como explicado no delito anterior, Eunice e Herculano efetuaram dois disparos de arma de fogo justamente no abdômen de Stefania, que se encontrava em gestação de cerca de 10 semanas.

Os acusados sabiam da gravidez e, além de matar Stefania, agiram com o intuito explícito de praticar o aborto, que infelizmente tiveram êxito, conforme Laudo Pericial.

DO CRIME DE OCULTAÇÃO DE CADÁVER.

Instantes depois dos crimes descritos, os acusados, em conjunção de esforços e comunhão de vontades, ocultaram o corpo de Stefania.

Com o objetivo de evadir-se da responsabilidade pelos crimes de homicídio qualificado e aborto sem o consentimento da vítima, ambos cavaram um buraco nos fundos da sede da fazenda.

Os acusados aproveitaram-se do horário, eis que ainda era madrugada, e enterraram Stefania. Conforme perícia, a vítima já se encontrava sem vida e com a gestação interrompida.

Conforme apurou a investigação, a vítima foi enterrada em uma cova relativamente rasa. Com a intenção de apagarem os rastros dos crimes, os acusados ainda depositaram dejetos e restos de comida sobre a cova de Stefania e a criança que carregava no ventre.

Assim agindo, Eunice Alberto e Herculano Alberto praticaram os crimes previstos no art. 121, par. 2º, incisos I, III e IV; cumulado com o delito do art. 125 e art. 211, todos do Código Penal, em concurso de pessoas, motivo pelo qual o **MINISTÉRIO PÚBLICO** oferece a presente denúncia, requerendo que, recebida e autuada, sejam os denunciados citados, para depois dos procedimentos legais pronunciados, e posteriormente condenados perante o Tribunal do Júri.

Enquanto ouvia a acusação, Onira passou mal e foi levada ao hospital. O magistrado precisou suspender a sessão por cerca de trinta minutos até voltar à normalidade, e retomou o julgamento:

— Vou chamar a primeira testemunha arrolada pela acusação. Por favor, tragam o delegado de polícia.

Um silêncio tomou conta do ambiente, até que o chefe da polícia da cidade de São Sepé sentou-se na cadeira destinada às testemunhas. E logo começou o depoimento.

— Todo o seu nome, profissão e endereço, por favor — perguntou o magistrado.

— Eduardo Machado, sou delegado de polícia e tenho endereço para intimação na delegacia de São Sepé.

— Que falta de respeito! — gritou dr. Clóvis, com o nítido pretexto de tumultuar.

— O que o senhor está querendo afirmar? — questionou o magistrado.

— Ele precisa responder com exatidão as suas perguntas!

— Mas o que foi que o delegado não respondeu? E no que ele faltou com o respeito? — perguntou o magistrado, em tom mais alto.

— O senhor perguntou o endereço da residência dele, e ele debochou dizendo que mora na delegacia! Isso não é verdade!

— Olha aqui, dr. Clóvis! — gritou o juiz, desferindo um tapa na mesa. — O único que está desrespeitando é o senhor! Na próxima intervenção desaforada e sem nexo, vou prendê-lo por desacato. Deixe-me conduzir os trabalhos!

— Assim fica difícil de trabalhar, Excelência — respondeu o advogado.

— Fica difícil mesmo! Já está avisado! Vou retomar o depoimento. E não me venha com mais intervenção descabida. Desculpa, dr. Eduardo. A testemunha foi arrolada pela acusação, por isso vou passar a palavra aos senhores — disse, olhando para seu lado direito.

Era o primeiro júri do jovem promotor de justiça. Dr. Matheus Britto notou seu nervosismo e sussurrou algo em seu ouvido. Ao que parece, estabeleceram que o assistente de acusação começaria as perguntas.

O advogado Mateus Britto era um profissional renomado, que acumulava em sua carreira centenas de júris, uma vez que, desde que começou o curso de Direito, foi trabalhar com o lendário defensor Heitor Romano. Ele começou a ganhar fama desde jovem, quando defendeu o pai biológico do Everton Júnior, seu amigo de infância. De lá para cá, tornou-se um dos mais respeitados advogados do sul do Brasil. Sempre educado e elegante, encantava os jurados com seu estilo. Agradeceu o magistrado pela condução dos trabalhos e dirigiu-se à testemunha:

— Bom dia, delegado Eduardo.

— Bom dia, dr. Britto.

— Primeiro lugar, gostaria de parabenizá-lo pela investigação. Poderia falar um pouco do seu currículo?

— Sou delegado de polícia há mais de vinte anos. Participei de centenas de investigações de homicídios na região. Cheguei ao máximo da carreira em que um delegado de polícia pode alcançar. Sou delegado 4ª Classe, inclusive fui promovido pelo próprio secretário de segurança pública por causa de uma investigação de homicídio com ocultação de cadáver.

— Perfeito, dr. Eduardo — disse, educadamente, dr. Matheus Britto. Outra coisa, por acaso o senhor conhecia as partes envolvidas nesse terrível crime?

— Não conhecia ninguém. Bom o senhor perguntar isso…

— Por que razão? — interrompeu dr. Britto, com o propósito de dar mais ênfase à sua resposta.

— Pois então, o defensor dos réus afirmou de forma irresponsável na rádio que eu era amigo da família da Stefania. Entretanto, eu sequer os conhecia.

— Sei disso, delegado, o senhor tem o nosso respeito por sua trajetória.

— Protesto, Excelência — gritou dr. Clóvis.

— Qual o motivo agora? — indagou o magistrado.

— Isso aqui é julgamento. É coisa séria. Não é uma sessão de puxa-saquismo!

— "Puxa-saquismo"? Eu ouvi bem o que o senhor falou? — questionou o juiz.

— Sim, é isso mesmo!

— Ora, meu caro, estamos diante de uma plateia repleta de estudantes de Direito. Por favor, modere o linguajar! A acusação pode prosseguir — disse, olhando firme em direção ao defensor, como se fosse um sinal de aviso.

— Em nome da classe dos advogados, peço as mais sinceras desculpas…

— Sai pra lá, demagogo dos infernos — interrompeu dr. Clóvis.

— É o derradeiro aviso! — gritou o magistrado. — Por favor, o senhor pode continuar com os questionamentos, dr. Britto.

— Delegado, o senhor pode começar explicando como iniciou a investigação?

— Pois bem, tivemos notícia do desaparecimento da Stefania a cerca de dois meses do ocorrido. Até então, a família acreditava que ela teria ido a Porto Alegre com amigas. Creio que a demora em avisar a autoridade policial foi devido à simplicidade dos pais de Stefania. Inclusive, eles ainda tinham um pouco de esperança na versão dessa tal ida a Porto Alegre com as amigas até se depararem com o corpo.

— Falando nisso, identificaram essas amigas? — questionou dr. Matheus Britto.

— Não identificamos, porque elas não existiam.

— Como o senhor chegou a essa conclusão? — interrogou o assistente de acusação.

— Depois de muita investigação, descobrimos que a Stefania tinha um caso amoroso com o Vicente. Uma testemunha, amiga da vítima, nos confidenciou que ela estava grávida e os dois planejavam sair da fazenda para poderem viver em paz...

— "Poderem viver em paz." Poderia explicar melhor a razão de a testemunha ter usado essas palavras? — interrompeu dr. Britto, para dar maior ênfase à prova.

— Sim, já ia chegar nessa parte! Tanto a Eunice como o Herculano são extremamente racistas. Eles nunca permitiriam que o Vicente vivesse com uma pessoa de cor, muito menos admitiriam que ele tivesse um filho...

— Com uma pessoa de cor, é isso? — interrompeu mais uma vez.

— Exatamente, e, ainda por cima, eles não tratavam os empregados como seres humanos, principalmente os negros.

Nesse momento, a plateia silenciou. Era visível o desprezo dos jurados contra os dois acusados. O renomado advogado sentiu o clima favorável para a acusação, tomou um pouco de água e prosseguiu:

— O senhor poderia falar a razão de começar a suspeitar da Eunice e do Herculano?

— Logo descartamos um mero desaparecimento. Contatamos quase todas as delegacias do estado do Rio Grande do Sul e, mesmo tendo uma grande recompensa para encontrar Stefania, não se teve nenhum sinal dela. Com isso, começamos a ouvir as testemunhas que conheciam a vítima...

— E o que essas testemunhas falaram?

— Todas estavam muito preocupadas e sofriam com o sumiço da vítima, com exceção dos dois acusados. Ao ouvi-los de maneira informal, eles afirmaram que dias antes a Stefania tinha ligado para o telefone da fazenda, que não tinha identificador de chamada. Achei isso muito estranho, e representei pela quebra telefônica, a qual o magistrado deferiu.

— Justamente aonde queria chegar! Conte-nos mais detalhes dessas conversas devidamente autorizadas pelo Poder Judiciário.

— Certa tarde, a sra. Eunice me ligou dizendo que a Stefania tinha ligado de Porto Alegre, só que dessa vez para o celular dela, afirmando que a Stefania ligava para ela e não para os pais, pois tinha vergonha de dizer que fugiu com um namorado. Essa ligação foi feita de um telefone público...

— Posso interromper? — questionou educadamente dr. Matheus Britto.

— Sim, lógico.

— Vou lhe mostrar o áudio da gravação telefônica — disse, ligando em um volume alto para que os jurados pudessem ouvir: — "Alô, estou ligando de Porto Alegre a pedido do dr. Clóvis para que fique registrada a ligação" (voz de uma pessoa não identificada). "Tá certo, depois eu acerto os custos com ele" (voz de Eunice).

O magistrado precisou conter a plateia. Gritos como "assassinos" e "racistas" começaram a ecoar no tribunal. Foi necessário pedir reforço para a polícia militar, e três pessoas foram retiradas do plenário. Após minutos de interrupção, o julgamento recomeçou:

— Ordem! Na próxima vez, retiro todo mundo! Por favor, prossiga, dr. Britto.

— Qual era a intenção desse telefonema?

— A Eunice e a sua defesa não imaginavam que tínhamos autorização para ouvir as conversas pelo telefone, e ardilosamente mandaram uma pessoa que ainda não identificamos ligar de Porto Alegre, para depois dizer que a Stefania estava lá. Mas, na verdade, a vítima e a criança que carregava na barriga estavam mortas e enterradas a poucos passos dela.

— Outra coisa de suma importância é sobre o Vicente Alberto. Poderia nos falar um pouco sobre ele?

— Isso é algo muito triste também...

— Conte-nos, então, qual o motivo dessa tristeza? — interrompeu o assistente de acusação.

— Como sabem, após os crimes bárbaros perpetrados pelos dois acusados, o sr. Vicente enforcou-se. Depois disso, pelo que apuramos, começaram muitos boatos na fazenda, inclusive de que a casa estava mal-assombrada...

— Tá bom, então, só falta me dizer que a culpa é dos espíritos — gritou o advogado de defesa em tom de deboche.

— Não, pelo contrário, foram os seus clientes que transformaram dois inocentes em espíritos — falou, em tom forte, Matheus Britto, provocando um silêncio quase absoluto no plenário do júri. — Por favor, prossiga, delegado Eduardo.

— O que estranhamos não foram esses boatos, mas, sim, que os acusados se negavam a falar do Vicente. Era visível que sabiam o motivo pelo qual tinha ceifado a própria vida. Outra coisa que nos estranhou foi que as recordações dele pareciam ter desaparecido. Por exemplo, não achamos nenhuma fotografia dele quando cumprimos o mandado de busca e apreensão...

— Exatamente aonde eu queria chegar! — interrompeu dr. Matheus. — Diga-me, então, o que acharam de pertinente nessa busca autorizada pelo magistrado?

— Procuramos por toda a casa e não achamos a arma do crime. Entretanto, estranhei o que acabei de afirmar, ou seja, parecia que alguém fez questão de desaparecer com os rastros do Vicente. Por conta disso, continuei procurando pela sede da fazenda. Por sorte, vasculhei dentro de um travesseiro e achei o bilhete que ele deixou antes de suicidar-se. A carta estava grampeada com uma foto dele com a Stefania.

— O que dizia essa carta?

— Ela detalhava como sua mãe e seu irmão mataram as vítimas.

— Poderia ler essa carta em voz alta?

— Sim.

Enquanto o delegado de polícia lia em voz alta a derradeira carta deixada por Vicente, algumas pessoas começaram a chorar copiosamente. O magistrado pensou em interromper o julgamento. No entanto, ao dar-se conta de que ele próprio precisou conter-se para não se emocionar, permitiu que o júri prosseguisse. Após a leitura, dr. Britto recomeçou:

— Indo para o encerramento das perguntas, uma vez que já estou quase satisfeito com as explicações do seu brilhante trabalho...

— Para de puxar o saco! — gritou Clóvis.

— Contenha-se, advogado! — falou o juiz, mandando a acusação prosseguir.

— De que maneira o senhor logrou êxito em encontrar o corpo da vítima?

— Como eu afirmei, eles não sabiam que estavam com os telefones monitorados. No dia da busca e apreensão, o Herculano não estava na sede da fazenda, e logo que saímos dali a Eunice ligou para o seu filho.

— E o que eles conversaram?

— Ela disse para ele não se preocupar. Salvo melhor juízo, falou as seguintes palavras: "Os idiotas passaram por cima da macaca e do corvinho e não se deram conta".

— "Idiotas", "macaca" e "corvinho". Pode explicar ao que ela se referia?

— Sim, isso revoltou toda a equipe de policiais, e olha que estamos acostumados a lidar com as maldades humanas. Por "idiotas", ela se referia a nós, policiais; "macaca", à Stefania; e "corvinho", ao próprio neto que ela impediu de nascer. Com essa informação, retornamos e vasculhamos novamente os locais que já tínhamos averiguado. Daí, notamos a cerca de vinte metros da casa, um local que parecia ter dejetos, cavamos um pouco...

— E o que encontraram?

— O corpo da Stefania. Ela carregava em seu ventre a vida de um ser humano. Também encontramos a arma do crime que, após periciada, mostrou as impressões digitais do acusado Herculano.

— Por derradeiro, gostaria de acrescentar mais alguma informação da sua brilhante investigação?

— Creio que o principal era isso! Perdão, já ia esquecendo...

— Por favor, conte-nos então.

— Em uma ligação interceptada, a Eunice falou mais de uma vez a seguinte expressão: "Impedimos do corvo saltar".

— E o que isso significa? — interrogou o assistente de acusação, já sabendo da resposta.

— Ela se referia a ter matado o próprio neto! Poucas vezes vi alguém ter tanto desprezo pela vida, principalmente por um ser humano em formação, que logicamente não tinha nenhuma chance de se defender!

— Estou satisfeito, Excelência.

Por quase duas horas, o delegado de polícia respondeu às perguntas da acusação. Nesse momento, o magistrado passou a palavra ao defensor.

— Não tenho perguntas, porque não acredito em nada do que esse delegado disse. Investigação direcionada e mal-intencionada contra os meus clientes!

— Depoimento encerrado. O senhor está liberado; se quiser pode acompanhar o restante do julgamento. Pergunto à acusação se tem preferência pela ordem das próximas testemunhas que arrolou?

— O senhor pode nos conceder dois minutos antes de decidirmos? — perguntou o assistente de acusação.

— Posso, mas sejam breves!

O jovem promotor de justiça e o experiente advogado Matheus Britto trancaram-se em uma pequena sala, enquanto o salão do júri continuava lotado e as pessoas abismadas com o depoimento do delegado de polícia.

— O senhor está pensando em desistir das testemunhas que arrolamos? — questionou o promotor.

— Imagino a tua ansiedade em ouvi-los. Entretanto, por mais que elas falem, sequer chegarão perto do poder de convencimento do dr. Eduardo ...

— O que me preocupa é essa testemunha do Clóvis. Daqui a pouco vai começar a mentir que presenciou o crime, e não duvido que tenha a cara de pau de dizer que foi o Vicente quem cometeu os crimes.

— O Clóvis é previsível, conheço-o de longa data. Confie em mim!

Os dois acusadores retornaram ao plenário. Um silêncio instalou-se no local, a plateia os observava com um misto de curiosidade e admiração. Estavam ansiosos para saber qual foi a decisão tomada.

— Então, senhores, o que decidiram em relação às outras testemunhas? — questionou o magistrado.

— Tendo em vista o depoimento totalmente esclarecedor do delegado de polícia, e também em nome da celeridade processual, decidimos abrir mão dessas testemunhas, até mesmo porque já depuseram na fase instrutória e iremos explorá-los nos debates — disse o promotor de justiça com firmeza.

— Que palhaçada! — gritou o defensor.

— A única palhaçada aqui é a tua má educação — respondeu Matheus Britto.

Antes que um bate-boca se instalasse, o magistrado intrometeu-se.

— Defiro o pedido e dispenso as testemunhas de acusação. Saliento aos jurados que a acusação tem razão em dizer que as mesmas já deram depoimento anteriormente.

— Então, para que arrolaram as testemunhas? Sempre criando confusão! — intrometeu-se dr. Clóvis, com ares de deboche.

— Cala a boca, seu porta de cadeia! Espero que arda no inferno junto com teus clientes — gritou um homem da plateia.

— Assim não dá para trabalhar. Estou me retirando do plenário!

— Todos quietos! — berrou o magistrado, dando socos na mesa. — E o senhor, dr. Clóvis, não se atreva a abandonar o plenário. Da outra vez que fez isso, te multei em 50 salários mínimos, mas, se fizer agora, dobro a multa e te prendo por desacato!

Um silêncio instalou-se no tribunal do júri. Logo o homem que proferiu as palavras foi identificado e retirado do recinto por policiais militares. Era um primo de Stefania que exalava ódio. O magistrado fez uma pausa de cinco minutos, esperou os ânimos se acalmarem e retomou mais uma vez o julgamento:

— A defesa arrolou uma testemunha. O senhor insiste em seu depoimento? — perguntou o magistrado a Clóvis.

— Lógico que sim, Excelência. Ela é uma testemunha ocular e irá desmentir essa versão ridícula do delegado.

— Entretanto, ela não está aqui — respondeu o juiz.

— Mas isso não é problema meu! — rebateu, irônico.

— Como não é problema seu? — falou, prestes a perder a calma. — Antes de ela ser intimada, o senhor forneceu dois endereços em que ela nunca residiu…

— Mas acontece que ela foi intimada e, se não vir, os meus clientes poderão ser condenados por crimes que não cometeram…

— Excelência, permite uma manifestação? Prometo que será breve e instrutiva — interveio Matheus Britto.

— Ora que vai ser instrutiva, seu sabichão metido a bom! — falou o advogado de defesa.

— Olha o respeito, dr. Clóvis! — falou o magistrado em tom firme. — Tem a palavra, dr. Britto.

— Conforme os documentos juntados aos autos, no prazo legal, essa testemunha, que a defesa diz ser tão importante, tem diversas condenações criminais por delitos praticados com violência, respondendo também a dois processos pelo delito de falso testemunho. Além disso, a defesa, ao arrolá-lo, não alegou ser imprescindível o respectivo depoimento. Logo, se ela não compareceu, de acordo com as normas do processo penal, o julgamento deve prosseguir.

O magistrado folheou o processo até encontrar a petição da defesa em que indicou a testemunha. Ao ver que dr. Clóvis esqueceu-se de alegar a imprescindibilidade do depoimento dela, decidiu:

— A acusação tem razão. O senhor tem dez minutos para que a sua testemunha apareça! E cuide o que vai falar.

Sem argumentos, o defensor fingiu ligar para a testemunha, e quando se passou exatamente o tempo que o magistrado estipulou, o julgamento recomeçou. A próxima etapa era o depoimento dos réus.

— Pergunto ao senhor se os seus clientes vão dar depoimento ou preferem ficar em silêncio.

— Ora, Excelência, como é que eles vão falar? — disse o defensor.

— Explique-se melhor.

— Eles fariam questão de falar, mas depois da minha principal testemunha.

— Então, eles não vão falar?

— Não, entendo que o depoimento deles ficou prejudicado.

— Alerto aos senhores jurados que o silêncio dos acusados não pode, em hipótese alguma, prejudicá-los. Eles estão exercendo um direito que a Constituição Federal lhes assegura.

Anos mais tarde, impressionei-me quando me explicaram que nem mesmo o pai do Everton Júnior e o promotor justiça poderiam alegar que os dois assassinos da Stefania se negaram a falar e, se fizessem isso, o julgamento seria anulado. Entretanto, revoltei-me mais ao saber que a lei brasileira conferia aos dois o direito até mesmo de mentir.

Já era perto do meio-dia e foi feito uma pausa para o almoço. Muitas pessoas não arriscaram sair do plenário pelo receio de perder o assento. Do lado de fora, formou-se uma fila de expectadores que não conseguiam entrar. E, com os debates que estavam por vir, o número de pessoas tendia a aumentar. Muitos estudantes de Direito almejavam ver um dos melhores advogados da região atuando, enquanto outros pretendiam ver quais seriam os argumentos de dr. Clóvis, que foi em diversas rádios locais afirmar que uma tese, não explorada pela polícia, absolveria seus clientes.

Da adolescência à vida adulta, vi inúmeras vezes a gravação dos debates entre a acusação e a defesa, até quase decorei os discursos, principalmente do dr. Matheus Britto.

Ao anunciar que o julgamento iria recomeçar, o plenário ficou completamente lotado. Pessoas sentaram-se no chão e muitos ficaram em pé.

Pela regra, por serem dois réus, a acusação teria duas horas e trinta minutos para explanar sua tese, depois a defesa teria exatamente o mesmo tempo. O Everton me explicou que o tempo disponível deveria ser igual para os dois lados, por causa de um princípio constitucional chamado de isonomia. Ele sempre elucidou minhas dúvidas com muita paciência.

Ao começarem os debates, combinaram que o promotor de justiça começaria e dividiram o tempo metade para cada um.

O jovem promotor exalava nervosismo. Era seu primeiro júri, e logo de cara pegou um plenário lotado, e com diversos repórteres. Vendo as filmagens que foram gravadas por um assessor do dr. Matheus, pude perceber a frieza dos assassinos, o sofrimento dos familiares de Stefania e também o rosto triste do tio Stéfano, que parecia não acreditar nas maldades perpetradas por eles. Ao terminar o tempo do promotor, ele encerrou o discurso pedindo aos jurados a condenação dos réus pelos três crimes que eram acusados.

No entanto, quando o pai de Everton Júnior iniciou sua fala, saudou educadamente o magistrado, o promotor de justiça e até mesmo conseguiu tratar com educação aquele mau caráter do Clóvis. Aliás, ele teve o destino que buscou, mas sobre isso falarei mais tarde. Após cumprimentar os jurados, virou-se para a família da Stefania e começou a falar de um modo como nunca tinha visto. Confesso que ainda me emociono ao assistir:

— Aos familiares dessa vítima tão jovem e inocente, admito que não consigo mensurar a dor que sentem. Por um ato de maldade, egoísmo e, acreditem, de racismo, essas pobres pessoas nunca mais terão a companhia de quem levava a alegria para dentro de casa.

Nesse momento percebi, com nitidez, a expressão de tristeza do meu tio. Jamais o vi chorando daquela maneira. Ele sempre parecia tão forte e alegre quando me acompanhava. Contudo, a consternação abateu-o de uma maneira que até hoje mexe com meu coração. Ao emocionar boa parte da plateia, dr. Matheus Britto prosseguiu:

— O bem mais precioso da humanidade é a vida, e creio que ninguém aqui duvida disso. Todavia, a maior alegria de uma família são as crianças. Meu Deus, lembro-me de quando vi o meu filho mais novo nascer. Confesso que, mesmo vivenciando as maiores atrocidades dos seres humanos, não consigo imaginar o grau de maldade que alguém pode ter a ponto de matar um ser que está sendo gerado por duas pessoas que se amam…

— Para de teatro, não está vendo que ninguém acredita nessas tuas bobagens? — interveio o dr. Clóvis.

Ah, eu o teria desaforado, ainda mais depois de saber tudo o que esse advogado canalha fez com o pai biológico do Everton Júnior. Mas não era à toa a fama e competência do dr. Matheus Britto. Ele sequer se virou para responder. Calmamente, olhou nos olhos de cada um dos sete jurados, e falou:

— Ele fala isso porque, para seus clientes, a morte de uma mulher negra e de uma criança no ventre da mãe são mesmo bobagens em suas cabeças perversas!

— Eu não falei isso, seu insolente! Está colocando palavras na minha boca…

— Por favor, Excelência, garanta-me o direito à palavra — disse dr. Matheus.

— O senhor tem a palavra. Silêncio, dr. Clóvis!

— Mas ele é quem está falando asneiras e se referindo a meus clientes de forma desrespeitosa.

Antes que o magistrado pudesse se manifestar, dr. Britto não se conteve:

— Por acaso, esses dois assassinos respeitaram as vítimas?

Um bate-boca instalou-se entre o promotor de justiça e o advogado dos réus. O juiz teve que suspender a sessão por alguns minutos até que os dois se acalmassem. Passados os ânimos alterados, o pai do Everton continuou. Era impressionante como ele conseguia manter a calma, mesmo naquele ambiente hostil.

— Fico imaginando quais foram as derradeiras palavras de Stefania antes de morrer. Talvez ela tenha implorado pela vida. Não somente pela vida dela, mas do filho que carregava no ventre. Sabem, senhoras e senhores, o que esses dois criminosos fizeram!?

Dr. Matheus Britto pausou por parcos segundos, notou a emoção dos jurados e prosseguiu:

— Enquanto a vítima agonizava por ter recebido dois tiros na barriga, de quem os devia proteger; pois não esqueçam, a Eunice era avó da criança e o Herculano, tio! Mas, mesmo assim, quando a viam rogar pela vida, talvez ajoelhada sob seus pés, ainda desferiram um tiro à queima-roupa em seu belo rosto. E, pelo que demonstraram as testemunhas, esse rosto dilacerado pelo tiro que recebeu covardemente, até então, em sua curta vida, somente passava alegria e orgulho a todos os que a rodeavam.

Parte do plenário chorava. O advogado pausou, olhou os jurados e continuou, agora com a voz mais firme:

— E sabem mais o que esses criminosos selvagens fizeram? A enterraram em uma cova rasa, com uma criança em seu ventre! Aliás, para eles, esses sagrados valores não significam nada! E, não satisfeitos, ainda tentaram enganar a autoridade policial dizendo que a Stefania estava viva, quando, na verdade, estava enterrada a poucos metros da casa em que viviam normalmente, como se nada tivesse acontecido!

— Olha o respeito! — gritou dr. Clóvis. — O que pensa que está fazendo ao comparar meus clientes a animais selvagens?

— É verdade. Desculpa, caro colega! — respondeu dr. Matheus.

— Ao menos admitiu. É a primeira vez que te vejo se desculpar, seu arrogante!

Não quero ser repetitiva, mas como aprendi a admirar o pai do Everton! Parecia que nada era capaz de tirar sua calma.

— Creio que o senhor não entendeu! Estou me desculpando pelos animais selvagens, pois tenho certeza de que nem mesmo eles cometeriam essa covardia e crueldade!

Parte da plateia começou a rir, enquanto dr. Clóvis esbravejava de brabo e proferia palavrões que tenho vergonha de contar. Foi preciso o magistrado intervir novamente e suspender a sessão. Mas logo recomeçou e dr. Matheus Britto, com um poder de convencimento que não consigo descrever com meras palavras, mostrou as principais provas aos jurados que incriminavam os acusados, e continuou:

— Infelizmente, a maldade foi tão grande por parte desses criminosos atrozes que nada que possamos fazer aqui devolverá a paz à sua família, muito menos será capaz de preencher a lacuna que a morte de Stefania deixou. Sem falar na vida de uma criança que, certamente, traria alegria e afeto. — Com lágrimas no rosto, dr. Matheus Britto aproximou-se ainda mais dos jurados, e disse: — Saibam que esse julgamento será injusto, pois nada os trará de volta. No entanto, o mínimo que podem fazer é condená-los pelos crimes que praticaram, cujas autorias foram comprovadas.

Os sete jurados pareciam hipnotizados pelo advogado, que chegou ainda um pouco mais perto e, sem desviar o olhar, encerrou:

— Que a dor eterna da perda não se some à dor da injustiça a essa família que tanto sofre. E, para que isso não aconteça, dependemos somente do voto condenatório dos senhores e das senhoras. Muito obrigado, e que Deus os ilumine!

Depois de usar todo o tempo concedido pela lei, a acusação finalizou. De imediato, o magistrado passou a palavra à defesa.

Após ver tantas vezes filmagens do julgamento dos assassinos da Stefania, comecei a admirar promotores de justiça e advogados que atuavam no Tribunal do Júri. Os dons que mais apreciava eram a elegância, a sabedoria, o equilíbrio e principalmente a oratória diante dos sete jurados. No entanto, dr. Clóvis não possuía nenhum desses atributos. Pelo contrário, era um profissional desprezível. E falava mal o português. Em certo momento, o jovem representante do Ministério Público perdeu a paciência com os equívocos.

— A justiça deve ser *feito* por vocês, *cidadões* de São Sepé…

— Pelo amor de Deus, a sessão está repleta de estudantes de Direito — interrompeu o promotor.

— Tá, e eu com isso?

— É "cidadãos", não "cidadões". Ao menos, fale um português correto. Já não basta esse monte de mentiras sem prova nenhuma que está falando!

A plateia começou a rir, e o magistrado interrompeu o julgamento. Em certo momento, até mesmo dr. Matheus Britto não suportou as bobagens que ele pronunciava.

— Esse delegado Eduardo nunca *alvejou* a verdade!

— Por Deus, dr. Clóvis — interrompeu o advogado acusador.

— Era só o que me faltava, o santinho do pau oco aí querendo me interromper. Isso é apenas sinal de desespero, caros jurados.

— Não é desespero, é apenas mais um erro grotesco do senhor. Até uma criança da quinta série sabe que é "almejar a verdade", e não "alvejar"! Por favor, não desonre a nossa classe de advogados.

— Quem você acha que é, seu sabichão?

— Controlem-se, doutores — gritou o magistrado, quase perdendo a paciência. — Não me façam suspender a sessão mais uma vez!

E assim, sem um mínimo de nexo e educação, encerrou seu discurso com apenas quarenta minutos do tempo usufruído.

— Tinha tanto a falar que nem utilizou um terço do tempo. Mas não esqueça que a maneira correta de falar é "cidadãos", não "cidadões" — interveio o promotor, irônico.

Outra vez, uma discussão instalou-se e o magistrado, aos gritos, perguntou à acusação:

— Os senhores vão à réplica?

Pela lei, a acusação teria mais duas horas para falar na frente dos jurados. E, quando o jovem promotor de justiça ia dizer que sim, dr. Matheus Britto interveio:

— Excelência, pode nos conceder apenas cinco minutos antes de decidirmos?

— Já ia mesmo fazer uma pausa para os jurados irem ao banheiro e comerem alguma coisa. Então, têm vinte minutos.

Mais uma vez, dr. Matheus Britto reuniu-se com o promotor em uma sala fechada. O jovem acusador foi ganhando confiança com o passar das horas, notou o quão fraco e descontrolado era seu oponente e queria continuar o julgamento.

— Caro dr. Britto, vamos para cima desse idiota do Clóvis. Está fácil de provar as mentiras e asneiras que ele contou!

— Quero que preste muita atenção no que vou falar!

— Por acaso, está pensando em não ir à réplica?

— Eu sei que tua vontade é desmentir esse advogado sem princípios...

— Então, vamos para cima dele — interrompeu o promotor.

— Calma, por favor, me escute com atenção.

— Desculpa, me explique.

— O senhor notou a expressão facial dos jurados quando o Clóvis terminou de falar?

— Estava com tanta raiva que confesso que não observei.

— Como sabe, trabalhei em centenas de júris e não me recordo de um olhar de desprezo tão grande dos jurados para com um defensor. Eu sei que pretende mostrar a tua competência para essas pessoas. Mas não existe nobreza maior que controlar a vaidade. Eu também gostaria de falar um monte de verdades para o Clóvis...

— Justamente, é isso o que eu quero — interrompeu novamente. — Vamos para a réplica!

— Eu te garanto que todos os jurados vão votar pela condenação. Confie em mim! E, caso der errado, eu assumo a responsabilidade. Mas ressalto, mais uma vez, a certeza absoluta que tenho no resultado.

Mesmo contrariado, o promotor de justiça resolveu concordar. E, quando perguntado pelo magistrado o que decidiram, falou com convicção:

— Tendo em vista as provas incontestáveis, decidimos que nem precisamos ir à réplica.

No fundo, o advogado de defesa gostou da decisão da acusação. Pela quantidade de cigarros que fumava, somada às constantes bebedeiras, dr. Clóvis não aguentaria falar nem mais quinze minutos. Mesmo assim protestou:

— Tinha certeza disso. São uns covardes mesmo — esbravejou e quase outra confusão se instalou.

O magistrado acalmou os ânimos e depois perguntou aos jurados se já estavam aptos a votar. Os sete responderam que sim. Retirou da plateia as pessoas que não fossem formados ou estudantes de Direito, inclusive os dois acusados. Muito embora Eunice e Herculano não demonstrassem um pingo de remorso, pressentiam que seriam condenados. E, antes que deixassem o plenário, Clóvis lhes falou nos ouvidos: "Não se preocupem, se der zebra resolvemos no tribunal!"

A votação foi rápida e dr. Matheus Britto tinha razão. No Brasil, na contagem dos votos proferidos pelos jurados, conta-se até atingir o quarto voto "sim" ou "não". Isso é feito para resguardar a segurança e privacidade dos jurados. No caso do julgamento da Stefania, a votação não pôde ser filmada, mas Everton Júnior me disse que todos os votos abertos foram a favor da acusação. Portanto, foram quatro votos a zero em todos os quesitos.

Após o resultado da votação, o magistrado mandou chamar as pessoas de volta ao plenário, bem como os réus e anunciou o resultado:

— O conselho de sentença votou pela condenação de ambos os acusados pelos crimes de homicídio qualificado, aborto sem o consentimento da vítima e ocultação de cadáver, tudo nos exatos termos da denúncia.

Uma salva de palmas ecoou do salão do júri, acompanhada por gritos esparsos de justiça aos assassinos. Outra vez, o magistrado ordenou por silêncio, que logo foi atendido. Ele continuou lendo a sentença até que adentrou na dosimetria da pena. Em relação a Herculano, fixou uma pena definitiva de 23 anos, a ser cumprida em regime fechado;

Eunice, a condenou a 22 anos de prisão, também em regime fechado, diminuindo um ano da punição por conta de uma atenuante de ela ter mais de 60 anos. Todavia, ao anunciar que os dois poderiam recorrer da decisão em liberdade, precisou chamar os policiais que estavam fazendo a segurança na parte externa do Fórum para conter o público que protestava.

— Estão vendo? Quem são os selvagens agora? — gritou dr. Clóvis, apontando o dedo para Velho Becca, que precisou ser segurado por tio Stéfano.

— Calma, Velho Becca! — disse o meu tio. — Precisamos acreditar na justiça. Eles são os bandidos, não nós.

Nunca acreditei nos trabalhos espirituais do Velho Becca, muito embora eu o adorasse. Acontece que, depois desse dia, ele começou a fazer inúmeras oferendas contra a pessoa de Clóvis. Disseram-me que ele matou cabras e galinhas e que banhou a foto do advogado com o sangue desses animais. Confesso que sempre existiram muitas lendas, histórias e profecias na terra que tio Stéfano nasceu, mas é verdade que, depois de Clóvis afrontar o Velho Becca, a vida dele tornou-se um tormento.

Os dois acusados precisaram sair com escolta policial. Não se arriscaram a voltar para a sede da fazenda: sabiam da revolta dos amigos e familiares da Stefania. Mas, antes de saírem, os dois olharam para o tio Stéfano e Eunice teve a audácia de falar:

— Depois de tudo o que o meu marido fez por ti, ainda teve a coragem de contratar esse advogado para nos humilhar.

Tio Stéfano olhou bem em seus olhos e respondeu:

— Ainda bem que o meu amigo Cristóvão não está mais neste mundo e não precisou ver a maldade que vocês cometeram!

Na rua do Fórum, as pessoas começaram a gritar por justiça e, mesmo insatisfeitos com a decisão que permitiu os réus de permanecerem em liberdade, aplaudiram dr. Matheus Britto e o promotor de justiça. Os dois conversaram com os familiares e amigos da Stefania.

— Calma! Agora é só uma questão de tempo — disse o promotor.

Pelo que me falaram, tio Stéfano precisou conversar até tarde daquela noite para convencer Velho Becca e o pai de Stefania a não fazerem justiça com as próprias mãos. Só de pensar que meu tio os persuadiu a isso, tenho calafrios até hoje. Ao lembrar do seu olhar, penso como tio Stéfano era um homem bom! Oh, como eu sinto saudades dele!

E, assim, o julgamento dos assassinos de Stefania terminou com um senso de justiça pela metade. Na verdade, mais forte que aquela sensação era a saudade imensurável que os amigos e familiares sentiam de uma jovem mulher que nasceu em um momento de alegria, e assim viveu, até despedir-se da vida por conta de uma enorme maldade.

CAPÍTULO XVI
Quanta dor

Os dias foram passando e, aos poucos, tio Stéfano retomava a alegria de viver. No início de setembro do mesmo ano, ele foi premiado em uma universidade nos Estados Unidos. Recordo que ficou dez dias longe de mim, mas parecia que foram meses, devido à saudade que senti dele. Mas, quando eu menos esperava, meu tio estava aguardando por mim na saída do colégio. Eu o vi de longe, deixei meu material escolar cair e fui correndo abraçá-lo. Lembro até hoje do cheiro de gengibre e mel invadindo as minhas narinas.

— Tio Stéfano, que saudade! — disse, agarrada em seu colo.

— Oi, Theodora, eu estava com muito mais saudade — respondeu. — Sabe quem perguntou por você?

— Não — respondi, ainda emocionada por vê-lo.

— Eles estão no meu carro te esperando.

Recolhi o meu material escolar e fomos correndo até o carro. No caminho, não suportei a curiosidade e insisti:

— Quem está perguntando por mim?

— Vamos rápido que eles estão te esperando — respondeu, me agarrando no colo.

Naqueles segundos da saída da escola até o carro do meu tio, fiquei imaginando quem era, pensei que era o vô Viriato e a vó Antônia, mas ao chegar no automóvel não vi ninguém e tive um pouco de desilusão.

— Ué, será que eles foram embora? — perguntou tio Stéfano.

— Não sei, tio. Mas quem veio me ver?

— Espera aí, pode me ajudar a fazer uma mágica?

Eu adorava quando tio Stéfano fazia mágicas para mim. Eu já tinha 7 anos, mas ainda acreditava nas suas magias que inúmeras vezes fizeram a minha infância muito feliz. A gente estava sempre inventando moda!

— Repita comigo, então! Abracadabra, pé de cabra, que os amigos da Theodora cheguem agora!

Eu repeti sorrindo todas as palavras e meu tio disse:

— Você ouviu esse barulho?

— Que barulho? — perguntei, ansiosa.

— Acho que ele veio do porta-malas. Vamos abri-lo?

Caso um dia eu esqueça essa cena é sinal que a velhice terá tomado conta de mim. Às vezes, quando penso que meu cérebro está se deteriorando pela idade, sinto medo de esquecer daquele momento. Foi uma pena que não tiramos sequer uma fotografia do que tinha dentro do porta-malas.

Ao abri-lo, tive a certeza de que vivia em um mundo encantado e, ao chegar mais perto, pude perceber a enormidade de brinquedos que tio Stéfano trouxe para mim. Aliás, ainda tenho alguns deles. Hoje, vendo o boneco do Homem-Aranha, ele não parece tão grande, mas na época recordo que ele era tão alto que encostava no meu ombro.

— Oh, tiozinho, como eu te amo! — falei, abraçando-o. Foi a vez que senti o seu cheiro de gengibre e mel com mais intensidade.

Às vezes, ao rememorar a minha infância, dou-me conta de como eu era feliz até então, mas infelizmente aprendi que a felicidade não é eterna e que coisas ruins quase sempre aparecem na vida das pessoas.

Nos dias que se sucederam, uma parcela das pessoas no Brasil estava mais nervosa por causa das eleições presidenciais. No entanto, tio Stéfano não ligava para a política. Acho que ele, como uma boa parte dos brasileiros, deixou de acreditar nos representantes eleitos pelo povo.

Recordo muito bem daquelas eleições. Era um domingo, dia 3 de outubro de 2010. Passei o dia na casa do meu tio; ele fez questão de dizer no hospital que não poderia atender e encontrou um outro médico para ficar em seu lugar. Por isso, conseguimos brincar muito. Lembro das palavras da tia Clara:

— Theodora, saia um pouco da cacunda do teu tio! Amanhã ele precisa operar!

— Deixa ela ficar só mais um pouco, amor — respondeu tio Stéfano.

No final do dia, os fogos de artifício começaram a explodir no céu, o resultado das eleições foi divulgado e um repórter anunciava que a primeira mulher na história do Brasil foi eleita presidenta da República.

Passada cerca de uma hora do resultado das eleições, tio Stéfano abriu um pote onde ele guardava as minhas guloseimas. Eu fiquei muito envergonhada.

— Meu Deus, acabaram os pirulitos de morango! — ele disse.

— Theodora, você comeu todos? — perguntou tia Clara.

— Não, meu amor — respondeu meu tio a ela. — Foi o coelhinho que pegou escondido, eu e a Theodora já falamos para ele não fazer isso, não é, Theodora?

Eu adorava isso: não importava a arte que eu fizesse, o meu tio sempre me defendia e ainda por cima me fazia rir, daí eu respondi:

— Que coelhinho bobo! Ele pegou todos os meus pirulitos de morango!

— Já vamos resolver isso, então!

— Como, tio? Você vai brigar com o coelhinho?

— Não, pelo contrário. Vamos na venda do meu amigo comprar mais pirulitos, daí damos alguns de presente para o coelhinho. Que acha?

— Oba — respondi e corri para o colo dele.

Fiquei tão feliz que esqueci de pegar o meu casaco, mas no início nem me importei com a temperatura que começava a cair. A venda que meu tio se referiu era um antigo armazém que tinha de quase tudo e nunca fechava nos domingos. Ficava a duas quadras, e resolvemos ir caminhando.

Hoje, ao lembrar do coelhinho e dos pirulitos de morango, muito embora tenham se passado décadas desse dia, um vazio ainda acompanha meu coração!

Chegamos em poucos minutos, e foi visível a alegria do proprietário ao ver tio Stéfano:

— Que honra, doutor, vir aqui em pleno domingo à noite! Presumo que vai querer os pirulitos de morango para a Theodora!

Alegrei-me ao ouvir aquelas palavras; era como se eu fosse o centro de um mundo cercado por alegria e magia. Entretanto, em meio a tanta felicidade, algo começou a enjoar o meu estômago. Ainda ouvíamos os foguetes dos partidários da vencedora da eleição, e em determinado momento entendi o motivo de meu mal-estar. Era um forte odor com um misto de esgoto e enxofre que invadia as minhas narinas. Lembrei que já tinha sentido esse cheiro, mas foi tudo rápido demais.

Escutei dois estampidos. Pensei até que eram foguetes lançados próximos de nós, mas daí escutei uma voz inconfundível em meio àquele cheiro horrível:

— Toma na barriga também, seu defensor de macaco!

Até hoje me arrepio de lembrar daquele dia, e essa é a primeira vez que consigo escrever. Um homem encapuzado deu dois disparos em tio Stéfano, mas ele deixou cair a máscara e consegui ver a face de Herculano, que sorria ao ver tio Stéfano caído.

Fiquei tão chocada que não lembro de todos os detalhes, porém tenho certeza de que logo em seguida um homem socorreu meu tio.

— Calma que eu sou técnico de enfermagem e vou fazer de tudo para salvá-lo — disse aquela pessoa misteriosa que apareceu do nada.

Tio Stéfano caiu em uma prateleira, sob meus pés, agarrando os pirulitos. Como eu já disse, nesse dia eu tinha 7 anos. Por diversas vezes me falaram que super-heróis não existiam, mas no fundo ainda acreditava neles. Em meio à confusão, um bloco de notas e uma caneta caíram ao meu lado e, na esperança de que meu tio fosse salvo, escrevi as seguintes palavras em um bilhete que ainda guardo comigo:

"Homem-Aranha, por favor, salve o meu tiozinho. Eu prometo que serei muito boazinha."

Naquela noite, lembro apenas que meu tio, ao ser levado pelo técnico de enfermagem, proferia palavras perguntando se eu estava bem. E, quando lhe disseram que eu estava em segurança, pude sentir o seu cheiro de gengibre e mel enfraquecer como nunca tinha sentido. No mais, recordo que passei muito frio. É por isso que até hoje ainda evito lugares com temperaturas baixas, pois me faz lembrar daquele fatídico 3 de outubro do ano de 2010.

Escutei dois exemplos. Pensei [illegible] que eram [illegible] lançados [illegible]

[illegible]

— Foram [illegible] para [illegible]

Ao ficar mais [illegible] de lembrar [illegible] vez que [illegible] um homem [illegible] de Stefano, mas ele [illegible] por [illegible] disso.

Fiquei tão chocada que não lembro de todos os detalhes, porém [illegible] socorreu [illegible]

— [illegible] enfermagem [illegible] fazer de tudo para salvar [illegible] pessoa [illegible] nada.

Tio Stefano [illegible] os outros. [illegible] nesse [illegible] anos. Por diversas vezes me falaram que [illegible] Mas no fundo ainda [illegible] salvo [illegible] as seguintes palavras [illegible]

— Homem [illegible] por [illegible] salvo [illegible]

Naquele [illegible] apenas [illegible] pela técnica de enfermagem [illegible] palavras [illegible] bem. E quando ela disse [illegible] que eu estava em [illegible] que [illegible] pois [illegible] também [illegible] do ano de 2010.

CAPÍTULO XVII
A volta do cheiro

Dois meses se passaram do dia em que tio Stéfano levou os tiros fatais de Herculano. Lembro-me muito bem de quando completei 8 anos. Era um sábado, dia 4 de dezembro de 2010. Tia Clara preparou uma pequena festa na sua casa, fui com meus avós e meus pais, e quando cheguei já era noite. E, antes mesmo de cumprimentar as pessoas, corri para pegar a luneta e fiquei olhando para o céu.

— Parabéns, Theodora, posso te entregar os presentes? — perguntou tia Clara.

— Só um pouquinho, já vou aí — respondi.

Enquanto me esperavam, permaneci mais de uma hora observando as estrelas e, quando o jantar foi servido e trouxeram um bolo com a vela que representava a minha idade, vô Viriato me chamou:

— Vamos cantar parabéns! Venha, Theodora, apague a velinha!

— Ah, vô, deixa eu ficar aqui mais um pouco — respondi, continuando a olhar as estrelas com a luneta.

— Por favor, minha neta, venha! — insistiu.

— Me deixa ver mais um pouco! — implorei com a voz embargada.

— Mas o que de tão importante você procura no céu?

— Ora, o quê? — respondi, sem paciência. — Deixem eu procurar o meu tiozinho.

— Do que você está falando? — questionou vô Viriato, sem conseguir esconder as lágrimas.

— A professora me falou que o tio Stéfano era uma pessoa boa!

— Sim, disso todos nós sabemos!

— Mas ela disse que por isso ele virou uma estrela!

Ao entenderem o que eu fazia, olhando o infinito do céu com a esperança de ver meu tio, todos choraram. A vela acesa em cima do meu bolo apagou sem que cantássemos parabéns. Essas são as únicas lembranças do meu aniversário. Acho que desmaiei de tanto chorar quando me convenceram que não encontraria tio Stéfano no céu, mesmo tendo a luneta que ele dizia ser mágica.

Foram dias muito tristes para todos nós. Eu era apenas uma criança, mas não tinha mais vontade de viver. A única coisa que queria era ver meu tio. E, quando caía no desespero provocado pela saudade, todos os meus familiares se desesperavam ainda mais.

Nos dois meses que faltavam para terminar o ano letivo, raras vezes consegui permanecer na aula. Quando me dava por conta já estava chorando, chamando por tio Stéfano. Parecia que estava em um pesadelo e ansiava por acordar. A professora e os meus colegas foram muito legais, lembro disso até hoje e, mesmo não tendo conseguido frequentar as aulas, fui aprovada. Acho que fizeram isso pois sentiam muita pena de mim.

Foram poucos os dias que escutei o sino bater anunciando o final da aula, mas rezava sempre para o anjinho da guarda que fizesse um milagre e meu tio aparecesse no portão da escola. Mas isso nunca aconteceu. Com a morte do tio Stéfano, fui aprender que a mágica não existe e que homens maus podem fazer deste mundo um péssimo lugar para se viver. Recordando daquele tempo, eu vejo a importância que o tio teve em minha vida. O vazio da sua perda atingia a minha alma.

No Natal fomos para a casa dos meus avós emprestados. Sabia que lá as noites eram mais estreladas e, quando tia Clara disse que eu não poderia levar a luneta, chorei tanto que ela deixou. No fundo, eu ainda tinha esperança de encontrá-lo.

Ao chegar naquele local em que eu nutria muitas boas lembranças, impressionei-me como vô Antônio e vó Neuza envelheceram. Fazia quase três meses que tio Stéfano falecera, mas dava a impressão de que havia transcorrido uma década para os dois. A partir desse dia, comecei a entender que a infelicidade envelhece as pessoas. Assim como no meu aniversário, aquele foi o Natal mais triste de nossas vidas!

Passaram mais dois meses, mas parecia que a saudade continuava a aumentar e, com ela, uma tristeza gélida tomava conta do entorno da minha vida outrora feliz.

Jamais vou esquecer desta noite: era um domingo, dia 27 de fevereiro de 2011. Foi um dos momentos mais importantes da minha existência, e tenho certeza de que, se não tivesse acontecido o que vou descrever agora, teria um destino muito diferente — e jamais teria encontrado a felicidade, mesmo que vivesse por um século.

Sozinha em meu quarto, assistia a televisão transmitir os vencedores do Oscar. Foi anunciado *O Discurso do Rei* como o ganhador de melhor filme. O longa-metragem retratava a história do rei George VI que, por causa da gagueira, precisou contratar um fonoaudiólogo. Logo, os dois tornaram-se amigos e, no fim, o monarca consegue superar o problema, tendo êxito em fazer um grande discurso na rádio no começo da segunda Guerra Mundial.

Fiquei contente pela vitória do filme. Não porque eu já o tivesse visto, mas porque tinha um colega com problemas sérios de gagueira. Ficava muito braba quando o imitavam, e, ao pensar que o rei conseguiu superar esse problema no século passado, talvez o meu amigo também conseguisse.

No outro dia começariam as aulas. Fiquei ansiosa para conversar com ele sobre o filme. No entanto, uma tristeza voltou a tomar conta de mim. Ela parecia que se enraizava dentro da minha alma, era uma coisa terrível. Com a constância daquele sofrimento, a raiva acabava por acompanhá-la e parecia ter o poder de corroer o meu estômago. Hoje eu entendo o motivo de vomitar tanto logo depois da morte do tio Stéfano.

O desespero foi tão grande que não sabia mais o que fazer. Chorando, vi o boneco do Homem-Aranha que meu tio trouxera dos Estados Unidos e o joguei no chão.

— Por que você não salvou o meu tio? — gritei, como se ele pudesse escutar, e chorei por um tempo que não consigo mensurar.

A pequena vontade que eu tinha de recomeçar as aulas e de contar ao meu colega gago sobre a superação do rei Geroge VI desapareceu por completo. Resolvi que não iria mais à escola. Não suportaria sair pelo portão e não encontrar tio Stéfano me esperando. Só de pensar isso, meu estômago doía e as náuseas recomeçavam.

Certa vez, ouvi de um sábio ancião que, nos momentos de maiores desesperos, é que surge a esperança. E foi isso que aconteceu comigo naquela noite. Eu morava com meus pais no oitavo andar de um edifício. Abri a janela do quarto e pensei em tirar a minha própria vida, tamanha a falta que meu tio fazia. Nesse momento, comecei a sentir um aroma de gengibre e mel. No início, pensei que delirava; no entanto, ele apareceu para mim. Claro que de uma forma diferente, mas ele apareceu.

Até hoje é muito difícil descrever esse momento, por isso vou trocar de assunto e explicar qual foi o destino das pessoas que mataram tio Stéfano.

***

Esses três criminosos de que vou falar participaram do crime. Vou começar pelos que tiveram menor participação, mas que, mesmo assim, foram fundamentais para o assassinato.

O primeiro deles foi o dr. Clóvis. Segundo o que o delegado Eduardo explicou para nossa família, foi esse advogado que passou o endereço do tio Stéfano, e deu detalhes da sua rotina para o Herculano. Entretanto, ele não pôde ser julgado.

Condenados, Eunice e Herculano ainda deram cem mil dólares a Clóvis, achando que ele compraria os desembargadores. Alguns diziam que o dinheiro era amaldiçoado por causa das oferendas do Velho Becca. Não sei. Só sei o que aconteceu com ele.

Dias depois do julgamento, Clóvis foi até um cabaré e começou a esbanjar comprando charutos e champanhe para diversas prostitutas. Não satisfeito, mandou fechar a casa para que só ele usufruísse do local. Por azar dele ou sorte da sociedade, um quadrilheiro frequentava o prostíbulo e insurgiu-se com o pedido:

— Tem mulher pra todo mundo aqui! Tá achando que é dono do mundo?

— Eu sou doutor, você é a porra de um bandido!

Mal acabou de falar e levou uma facada que atingiu o seu olho.

— E agora, além de doutor, também é caolho!

— Seu brocha imprestável! — gritou enquanto sangrava. — Espera até eu foder a puta da tua mãe!

— Repete o que falou, seu porta de cadeia!

— É isso mesmo o que ouviu!

O sangue que escorria do olho parecia acentuar ainda mais o caráter reprovável daquele advogado. Continuou a desferir ofensas contra a mãe do quadrilheiro e recebeu outra facada, só que agora nos testículos.

Por pouco não morreu nessa madrugada. A dona do cabaré chamou uma ambulância, que demorou a chegar, mas a mulher não se deu ao trabalho de o socorrer durante a espera, porque, para ela, a vida de Clóvis valia menos do que as manchas de sangue que sujariam seu carro. Ele perdeu os testículos e um olho, mas sobreviveu.

O Humberto ficou furioso com a morte do tio Stéfano. Acredito que somente não fez justiça com as próprias mãos porque sabia que essa ideia não agradaria meu tio. No entanto, quando soube que Clóvis perdeu os testículos, apelidou-o de "X simples".

Barba Preta também soube do ocorrido e pediu para que todos da sua gangue seguissem Clóvis e o provocassem até que perdesse a calma. Certo dia, um capoeirista o esperou na porta de casa.

— E aí, X simples. Tem ovos para vender? — falou alto, para que todos ouvissem.

Os vizinhos começaram a rir. Aliás, eles não suportavam o advogado, que respondeu:

— Cuidem das suas vidas, e você se arranca daqui, seu desgraçado!

— Calma, X simples, só vim comprar ovos!

— Por acaso, quer morrer?

— O que você falou?

A bem da verdade, o advogado Clóvis não aguentava mais as provocações. Aonde quer que ele fosse, alguém o seguia gritando sem parar "X simples", e acabou comprando um revólver de um receptador.

— Olha aqui — disse Clóvis, mostrando o revólver.

Ele nem teve tempo de esboçar reação, e o capoeirista deu-lhe três golpes e o derrubou. Acabou batendo a cabeça no meio-fio da calçada e morreu.

A polícia chegou trinta minutos depois. Ao saberem que Clóvis era a vítima, não fizeram questão de apressar-se. Ao se depararem com o corpo e uma arma raspada na cintura, somado aos depoimentos dos vizinhos que o odiavam, o inquérito policial foi arquivado. Nos atos fúnebres, nenhum parente compareceu ao velório e foi enterrado como indigente.

Em relação à Eunice, conforme o delegado Eduardo nos explicou, foi ela quem comprou o revólver e incentivou Herculano a matar o tio Stéfano, por ter sido ele o responsável por suas condenações. Por muito tempo, pensei que ela fingia ter enlouquecido, mas hoje repenso e ainda não cheguei a uma conclusão.

Depois que ela matou Stefania, jurou na frente do padre Francisco que espíritos a assombravam, e isso aumentou ainda mais com a morte do meu tio. Uma semana depois que o assassinaram no armazém, a justiça decretou sua prisão preventiva.

Ao ser presa, a comoção pela morte do tio Stéfano era muito grande, e logo a sua fama de racista espalhou-se pelas redondezas, bem como os boatos de que fantasmas a assombravam.

O diretor da casa prisional tinha uma gratidão enorme por tio Stéfano. Anos atrás, ele fez uma cirurgia em seu filho e o salvou. Fez questão de esperar Eunice, e deu-lhe as boas-vindas:

— Essa aqui é racista, matou uma mulher grávida por ser negra. E também matou o médico que atendia os pobres de graça — disse, empurrando-a em uma cela superlotada.

— Por favor, eu pago o que quiser, mas me tira daqui — gritou.

O diretor voltou e, antes que ela perguntasse qual seria a quantia, ele acrescentou:

— Cuidado, parece que ela atrai fantasmas!

Para seu azar, uma amante do Barba Preta a esperava ansiosa nessa cela. Certa vez começaram a me falar o que fizeram, mas as coisas eram tão horríveis que pedi para não me contarem. No outro dia, Eunice não suportou as pancadas e cortes produzidos pelas navalhas e morreu. A investigação policial não conseguiu identificar qual das quinze detentas a matou, e o caso foi arquivado sem autoria. Ninguém falou uma única palavra.

Dos três, foi Herculano quem conheceu o pior dos destinos. Imagino que, após a morte, tenha descido aos porões do inferno para encarar o próprio diabo e, ainda assim, ouso dizer que ali não encontrou tormento maior do que aquele que lhe coube em seus últimos dias de vida. Caso tio Stéfano tivesse sobrevivido, tenho certeza de que, mesmo depois de tudo, não concordaria com as violências perpetradas contra Herculano.

Anos mais tarde, eu era uma médica recém-formada, quando Barba Preta me procurou. Ele levou um tiro no ombro, nada grave para ele, já acostumado com esse tipo de lesão; ao longo de sua existência, recebeu facadas, navalhadas e até disparos de arma de fogo. Ao mesmo tempo que machucava e até mesmo matava outros semelhantes, surpreendi-me como um homem que escolhera esse tipo de vida pudesse ser tão grato.

— Olá, dra. Theodora. Estou com esse probleminha — disse-me, mostrando o ferimento causado pela arma de fogo. — Mas posso te confessar uma coisa?

— Claro, Barba Preta — respondi.

Admito que naquele instante senti um pouco de medo.

— Fazia tempo que não ficava tão feliz!

— Feliz? Mas você está com o ombro sangrando. Não sente dor? — perguntei, impressionada, até achei que ele pudesse estar drogado por me falar aquelas coisas.

— A felicidade é muito maior que a dor!

— Me explique, pois não consegui entender ainda!

Observei em seus olhos uma sinceridade, e conclui que ele não estava sob efeito de drogas. Quando lágrimas caíram dos seus olhos escuros, notei que se envergonhou:

— Meu falecido pai sempre dizia que homem de verdade não chora…

— Diga-me, então, por que se emocionou, e qual o motivo da sua felicidade?

— Toda vez que me machucava, sentia uma fúria apoderar-se de mim. Mas hoje, ao levar esse arranhão aí — e chorando, sorriu, colocando o dedo onde o projétil entrou. — … senti uma espécie de felicidade.

— Agora sim não entendi mais nada!

— Vou te explicar.

Nesse momento, Barba Preta pediu permissão para chorar, ao mesmo tempo que agarrou sua enorme corrente de orixás envolta no pescoço. Precisou de um tempo para continuar.

— Antes, quando saía machucado de uma batalha, sabia que o meu melhor amigo iria me atender com um carinho que nem mesmo tive dos meus pais. O teu tio foi a melhor pessoa que conheci no mundo, e até hoje me escondo e choro ao pensar nele.

Agora fui eu que não contive a emoção e, vendo aquele homem sangrando em minha frente, pedi permissão para sair. Mas, antes que eu me levantasse da cadeira, Barba Preta deu-me um abraço e permanecemos chorando.

Ao recompor minhas emoções, contou qual foi o destino de Herculano.

Na noite em que matou tio Stéfano, a cidade praticamente parou. De um lado, Humberto mobilizou a polícia em busca do assassino; de outro, Barba Preta ofereceu uma recompensa para os criminosos da região que o entregassem com vida.

— Eu o queria só pra mim! — disse, com os olhos avermelhados de raiva.

A imensa turma, capitaneada por Barba Preta, não teve êxito, e a polícia o achou primeiro. Segundo Humberto, não o mataram porque repórteres chegaram quando já o estavam espancando, e o levaram preso. Na madrugada, Barba Preta provocou uma briga e pediu para um dos comparsas chamar a polícia militar: "Está maluco, chefe, o que você quer com essa gente?"; "Confia em mim, porra." Lógico que obedeceu e, ao ouvirem as sirenes das viaturas, todos fugiram, menos Barba Preta, que ainda desacatou os policiais e negou-se a pagar fiança.

Na minha ingenuidade, perguntei:

— Mas por que você quis ser preso?

— Ora, por quê! — respondeu.

Daí entendi o motivo. Ao entrar na penitenciária, deu um jeito de ficar na mesma cela em que estava Herculano. As coisas que ouvi eram inacreditáveis para alguém que cresceu longe da violência. Vou tentar resumir e poupar os detalhes — até os que sentiam ódio do Herculano se arrepiaram ao saberem da vingança de Barba Preta.

Nos poucos dias que Herculano esteve no presídio, foi vestido de mulher e obrigado a andar grudado em uma vassoura. É isso mesmo, Barba Preta colou uma vassoura nele e a chamou de Vicente. "Olha aqui, desgraçado, essa será a tua companhia e representa o teu irmão que morreu por causa do teu racismo!", e ele apavorado respondeu: "Qual é o teu preço?"

— Olha, doutora, quando ele tentou me comprar, como se eu fosse vender a lealdade que eu tinha pelo teu tio, não aguentei!

— E o que você fez? — perguntei, abismada.

— Eu o empalei com aquela vassoura, depois o fiz lamber até que não restasse mais o sangue e as fezes que grudou no cabo e…

— Por favor, não precisa me falar mais — disse, enojada, mesmo com a raiva que nutria pelo executor do meu tio.

A verdade é que Herculano morreu uma semana depois. Até então acreditava que ele foi assassinado pela população carcerária. Os jornais noticiaram seus crimes, o que gerou uma revolta imensa quando os presos descobriram que ele matou uma mulher negra com um filho no ventre por conta do racismo, além de tirar a vida de um médico que ajudou incontáveis pessoas na cidade, inclusive alguns dos que estavam no cárcere. Mas Barba Preta me garantiu:

— Não, doutora, ele era só meu! A ordem era que ninguém tocasse nele.

— Mas como ele morreu, então?

— O desgraçado grudou a cabeça na parede!

— Como assim? — interroguei, sem acreditar, achando que ele encobriu a morte.

— Senti muita raiva quando ele morreu!

— Por quê?

— Era para ele sofrer mais uns dias comigo antes de encontrar o Capeta!

Ao olhar a expressão de Barba Preta, não tive dúvidas de que falava a verdade. E, assim, encerraram-se as vidas dos três assassinos do tio Stéfano.

Confesso que não gosto de falar deles, e vou reservar apenas mais alguns parágrafos para isso. Demorei muito para entender que a vida precisa seguir e precisamos superar as pessoas que nos causaram tamanha infelicidade.

Ao entrar na terceira idade, atendi uma famosa espírita. Ela sentia náuseas e, mesmo não sendo a minha especialidade, pediu para ser atendida por mim. Após medicá-la, perguntou-me:

— Sabe o que aconteceu com eles?

— Com quem? — questionei.

— Com o Herculano, a Eunice e o advogado Clóvis.

Fazia muito tempo que aquilo acontecera. A espírita morava em um lugar distante, mesmo assim achei que seria uma trapaça, tentei desconversar. Então, ela pegou no meu braço, olhou no fundo dos meus olhos, e disse:

— Eu sei que ainda sente o aroma.

— Que aroma? — perguntei, só que agora assustada.

— De gengibre e mel!

Como ela podia saber? Nunca falei isso para ninguém! Imediatamente, lágrimas encharcaram os meus olhos, não sabia o que fazer. Tomei um pouco de água e perguntei:

— Como sabe disso?

— Eu ouço os espíritos! Nasci com esse dom e aprendi a interpretá-los. Mas quer saber o que aconteceu com eles?

— Quero — respondi, impressionada.

A famosa espírita disse-me que Herculano e Eunice reencarnaram, mas dessa vez não como mãe e filho, mas, sim, como irmãos gêmeos.

Eles nasceram saudáveis, porém em um lugar muito pobre do planeta, num vilarejo na divisa entre Ruanda e Burundi. Ao completarem 8 anos, uma guerrilha dizimou o local.

Os únicos sobreviventes foram as crianças, pois o grupo armado as recrutava, mas antes obrigaram os dois a matarem os próprios pais. Segundo ela, ambos vagavam por aquela região vivendo como se fossem animais selvagens.

Em relação a Clóvis, disse-me que vivia perto dos dois, mas detido em uma penitenciária chamada Prisão Central de Gitarama, por conta de um advogado corrupto que o deixou ser condenado para encobrir o verdadeiro criminoso que o comprou.

Segundo me informei depois, o local era dominado pelo caos, violência e superlotação, o que fazia os especialistas em segurança pública o considerarem um dos piores presídios do mundo.

Antes de despedir-se, a espírita disse que os três provavelmente ainda se reencontrariam nessa mesma casa prisional. Confessou que sentia piedade de suas almas, que ainda reencarnariam muitas vezes em lugares desumanos.

Naquele dia, fiquei tão chocada que desmarquei o restante dos pacientes.

***

Como eu disse, não vou falar mais dessas pessoas e dos seus respectivos destinos. Vou continuar a contar sobre minha vida e do momento em que voltei a sentir o aroma de gengibre e mel. Por isso, reservei o derradeiro capítulo deste livro para explicar como me reencontrei.

CAPÍTULO XVIII
Gengibre e mel

Ainda tenho dúvidas do que faria naquela noite em que *O Discurso do Rei* ganhou o Oscar de melhor filme. Entretanto, arrepio-me ao pensar que de fato poderia ter tirado a minha própria vida.

Talvez alguns não acreditem no que contarei agora. Tampouco me importo com isso, pois sei que foi verdade e foi justamente isso que mudou a trajetória da minha existência.

Aquele foi o momento em que mais senti saudade do tio Stéfano. Desesperei-me tanto que abri a janela e, vendo o boneco do Homem-Aranha jogado ao meu lado, pensei em acabar com o sofrimento. Quando as lembranças, outrora felizes, invadiram meus pensamentos, abri a janela decidida a pular. A única coisa que pretendia era ver tio Stéfano e pensei que, talvez, se eu morresse, poderia encontrá-lo no céu. E, ao tomar a decisão de jogar-me, um aroma de gengibre e mel surgiu.

Fiquei petrificada. Não conseguia entender o que acontecia. Pensei até que já tinha pulado da janela e meu tio veio encontrar-me em outra dimensão. Mas ouvi uma voz sussurrar em meu ouvido:

— Theodora, por favor, não faça isso!

— Mas, tio, eu não consigo suportar a tua falta.

Olhei em seus olhos, vi que lacrimejavam. Tentei acariciá-lo, mas senti apenas uma espécie de calor que não consigo descrever.

— Eu estarei sempre contigo, mesmo que esteja distante.

O aroma de gengibre e mel tomou conta do meu quarto, e envergonhei-me de ter jogado no chão o super-herói que ele me trouxera dos Estados Unidos. Tenho certeza de que ele viu, mas tio Stéfano nunca me repreendeu e não disse uma única palavra sobre isso.

— Como vou poder te ver? — perguntei.

Sempre tio Stéfano colocava regras em nossas brincadeiras. Recordo uma vez que brincávamos de jogar água um no outro na casa dos meus avós, quando tia Clara preparava um bolo: "Quando a tua tia chegar, paramos com a guerra de água e limpamos o chão."

Assim como no dia em que brincamos de jogar água, quando ele reapareceu, também colocou algumas regras, e meu coração encheu-se de esperança, pois ele era um homem de palavra e sempre as cumpria.

— Como eu falei, sempre que precisar estarei ao teu lado. Mas precisamos ter algumas regras.

— Quais são? — perguntei, animada.

— Primeiro: jamais pode falar para ninguém que eu venho te ver.

— Mas, tio, todos sentem muito a tua falta.

— Eu sei disso! — falou, enquanto o aroma de gengibre e mel continuava a acalentar meu coração. — Mesmo assim, preciso que me prometa que não falará a ninguém, nem mesmo para a tia Clara. Se falar, acho que não poderei vir mais te ver.

— Eu prometo! — e só de pensar na ideia de que não viria mais me ver, assustei-me e jurei a mim mesma que não falaria.

— Segundo: você precisa ir na aula amanhã. E só isso não basta...

— O que mais preciso fazer? — interrompi. — Prometo que vou fazer tudo o que me pedir!

— Preciso que seja a melhor aluna e, quando precisar, basta me chamar que virei te ajudar! Terceiro é o mais importante...

— Qual é?

— Preciso que volte a sorrir!

Ao me falar isso, tentei abraçá-lo, como se o seu corpo estivesse ali. Mais uma vez não consegui, mas experimentei um calor tocar minha pele e nesse momento olhei para ele chorando, as lágrimas transformaram-se em risadas e tive certeza de que não estaria mais sozinha.

Ao pensar naquela noite, essas foram as últimas lembranças e logo adormeci. Não sei como fui até a cama, mas acordei coberta com os lençóis. "Tio, onde está você?", perguntei e cheguei a pensar que foi apenas um sonho e, quando comecei a entristecer, notei que tinha um pirulito de morango embaixo do travesseiro.

Depois de décadas, é a primeira vez que escrevo sobre isso e ainda é difícil por causa da emoção. Vivenciei duas experiências em que o amor pode transcender a vida, e essa foi uma delas. A outra contarei depois!

Ao acordar, peguei o pirulito e fui feliz para a escola. Abracei o meu colega gago, e construímos uma amizade que perdura até hoje; sou filha única e arrisco dizer que o considero um irmão. Na saída, meu tio não estava, mas pude sentir o seu aroma. Tinha receios de que ele não aparecesse, por isso levei à risca a promessa que lhe fiz e, ao chegar em casa, estudei até tarde da noite.

O ano letivo passou muito rápido, e quase no dia do meu aniversário recebi a notícia de que fui aprovada como a primeira aluna da classe. Chorei quando a professora me entregou o boletim.

— O que houve, Theodora? — perguntou.

Tive vontade de dizer que estava sentindo o aroma de gengibre e mel, mas honrei a minha palavra.

— Nada, professora, estou chorando de felicidade — desconversei e corri para um lugar fechado onde pudesse conversar com tio Stéfano.

Assim os anos foram passando; quando me dei conta, já estava prestes a fazer as provas para a universidade. Aprendi que não se pode falar muito sobre os nossos sonhos, pois, quando disse que cursaria Medicina e Física, tentaram me desencorajar, alegando que isso seria impossível. Mas esse era meu desejo, e resolvi fazer Física, pois aprendi a adorar as estrelas e estudaria muito para entendê-las, e é claro, a Medicina por causa do tio Stéfano.

Prestei o vestibular para Medicina na Universidade Federal de Santa Maria e Física em uma faculdade particular, onde as aulas seriam à noite. Fui aprovada nos dois cursos.

Minha família comemorou muito, mas não com a mesma euforia de quando tio Stéfano foi aprovado. Uma coisa muito diferente ocorreu no dia da minha aprovação, comparada à dele: naquele distante ano de 1972, a Stefania nasceu; no dia da minha aprovação, seu bisavô, o Velho Becca, faleceu.

Eu adorava o Velho Becca, e ele sempre vinha me ver. Acho que gostava mesmo de mim. Mas acredito que ele me visitava tanto porque também sentia a presença do tio Stéfano perto de mim.

Recordo com exatidão da derradeira conversa que tivemos. Ele tentava disfarçar para não me fazer sofrer, mas nesse dia desabafou:

— Eu não entendo, como errei na minha profecia?

— Qual profecia? — perguntei.

— Quando seu tio nasceu, o vento minuano silenciou, e o meu orixá em pessoa soprou em meu ouvido que ele traria um século de amor.

Sem saber o que falar, olhei em seus olhos e notei uma tristeza que parecia ser profunda e o deixei falar:

— Como me arrependo de não ter matado aqueles cretinos. Se tivesse feito isso, com certeza seu tio ficaria no mundo dos vivos por pelo menos cem anos. Não me conformo com isso!

Abracei-o e pude sentir o seu aroma de anis. Foi a última vez que nos vimos, ao menos nesta vida.

Os anos iniciais em que me dividi entre as duas faculdades foram intensos, dias cheios, noites longas e uma pressa silenciosa. Dormia no máximo quatro horas por dia e, quando cansava, recordava da promessa de que deveria ser a melhor aluna, e isso me dava uma força descomunal. Logo, formei-me em Física e comecei a me dedicar muito à Medicina.

Foi bem nessa época que algo de extraordinário aconteceu. Os anos passaram desde a morte do tio Stéfano, mas ainda sentia muita raiva das pessoas que o mataram. Mesmo elas tendo um destino terrível, como já contei.

Quando estava no quinto ano da faculdade de Medicina, eu e meus colegas fizemos uma visita a um hospital privado. Fomos recebidos pelo enfermeiro-chefe, ele se chamava Heleno. Era um homem calvo, com cerca de 40 anos, e logo notei que ele dava mais atenção a mim do que aos meus colegas. Também senti que estava nervoso.

No final da visita, ele pediu para conversar comigo.

— Você nem deve imaginar quem sou — disse-me.

Notei seu aroma, era de camomila, e me despreocupei. Tive certeza de que era uma pessoa boa. Ao longo da vida, muitas pessoas me trataram bem por causa do meu tio, imaginei que eram amigos, mas surpreendi-me.

— Desculpa, mas não sei.

— Eu socorri o dr. Stéfano. Desculpa por não o salvar! — disse, emocionado.

Fiquei sem palavras, não sabia como reagir, e ele continuou:

— Lembro de você chorando e isso ainda me faz sofrer, ainda mais depois de tudo que o doutor fez por mim.

Abracei-o, enquanto ele chorava copiosamente. Depois de uns minutos, secou o rosto com um lenço e continuou:

— Lembro também do teu primeiro dia de aula!

— Tinha algum filho no meu colégio? — perguntei.

— Não.

— Então, como lembra de mim?

— Porque teu tio me contratou para cuidá-la.

— Como assim? — perguntei, e pude sentir seu aroma de camomila ainda mais forte.

— Eu era o Homem-Aranha!

Imediatamente, recordei do bilhete que escrevi naquela noite clamando para que o super-herói viesse salvar o meu tio. Meus pensamentos se perderam, era como se passado e presente estivessem na mesma linha do tempo. Confusa, ouvi sua história de vida. Emocionou-se ao dizer que tio Stéfano pagou para ele um curso de técnico de enfermagem e depois falou orgulhoso de quando se formou na faculdade, afirmando que nada disso teria acontecido sem a ajuda do meu tio.

Ainda confusa, fiquei pensando por que naquele exato momento em que implorava e escrevia um bilhete para o super-herói, foi justamente aquele bom homem chamado Heleno que apareceu. No entanto, consegui entender o verdadeiro propósito de Deus:

— O dr. Stéfano disse que eu saberia a hora certa de falar contigo, mas faz anos que penso em como vou fazer isso…

— Fazer o quê? — perguntei, ansiosa.

— Ele sabia que tinha poucos minutos de vida, e pediu para te falar suas derradeiras palavras, mas pediu que eu fizesse isso quando fosse adulta e pudesse entendê-las…

— Mas o que foi que ele falou? — questionei, apreensiva.

— "Diga a Theodora que eu a amo muito, mas principalmente fale a ela que nunca deixe a maldade dessa gente trazer sombras ao seu puro coração."

Incrível como uma frase pôde mudar a minha vida. Fazia mais de uma década que mataram tio Stéfano e, mesmo diante do terrível destino dos seus algozes, ainda nutria ódio dentro de mim. Acabei descobrindo que a raiva que ainda me atormentava nem era tanto contra aqueles miseráveis que o mataram, mas, sim, contra o próprio Criador do Universo. Era inconcebível para o meu entendimento como um Deus, que todos afirmavam ser tão grandioso, permitiu que seres miseráveis tirassem de mim a pessoa que eu mais amava, e que, além disso, foi um exemplo de bondade e superação.

Ao me despedir de Heleno, esqueci onde estacionei o carro e perambulei pelo hospital. Acredito que isso é coisa do destino — e dediquei anos a fio para entender—, mas, ao passar pela capela, vi que um homem rezava para a Nossa Senhora Medianeira. Mas não notei quem era, apenas entrei na igreja pois era a santa preferida do tio Stéfano.

Era como se ele estivesse me chamando e, ao entrar, notei que o homem que rezava aos pés da santa era Everton Júnior. Ficou encabulado ao me ver. Eu o conheci estudante e agora já era um renomado advogado. No entanto, o seu aroma de erva-doce era exatamente o mesmo de quando o senti pela primeira vez.

Conversamos por muito tempo, ele confidenciou que foi até o hospital para pagar a conta da sua mãe, e eu apressada perguntei:

— Ela está bem? Posso ajudar em alguma coisa?

— Ela acabou de falecer.

Como me envergonhei ao ouvir aquelas palavras. Mas, aos poucos, ele me falou a história da sua família e percebi que tragédias acontecem em muitas delas. Antes achava que era só comigo, talvez por causa da intensidade que sofria.

O Everton me explicou que fazia muitos anos que não via sua mãe biológica e contou que, quando criança, foi adotado pelo dr. Matheus Britto, pois sua mãe era viciada em drogas e o abandonou em um prostíbulo. Impressionada, mais uma vez, não contive a curiosidade:

— E o seu pai verdadeiro?

— Isso é uma longa história.

Saímos dali e fomos jantar em um restaurante, quando contou todos os detalhes. Seu pai biológico foi morto ao praticar um assalto. Mas a pior parte da história não foi essa, e com um pouco mais de intimidade questionei:

— E como algo poderia ser pior que isso?

— Meu pai ficou um bom tempo preso.

— Por causa do assalto? — questionei, curiosa.

— Ele morreu por causa de um assalto, se bem que foi preso diversas vezes, mas o que me refiro é algo sinistro.

— Não te interrompo mais, por favor, quero saber de tudo.

O restaurante estava prestes a fechar, mas ele continuava me explicando:

— Meu pai foi preso acusado de matar a própria mãe, ou seja, a minha avó. No entanto, até então todos achavam que o meu avô paterno, isto é, o pai dele estava morto!

Olhei em seus olhos e, mesmo recontando aquela tragédia, achei-o lindo. Senti um pouco de vergonha e o incentivei a continuar.

— Era o Clóvis que defendia meu pai, mas aí você não vai acreditar.

— Me conta de uma vez!

— O Matheus Britto, vou chamá-lo assim para você entender, mas é ele quem eu considero meu verdadeiro pai. Era amigo de infância do meu pai biológico.

— Nossa, que confusão.

— Pois bem, o Matheus Britto o defendeu na qualidade de advogado. Acredite, ele e o Humberto descobriram que o meu avô paterno era vivo, e fingiu-se de morto, apropriando-se da identidade de outra pessoa. Aí eles também descobriram que o verdadeiro assassino da minha avó era o meu avô, e não o meu pai.

— Isso daria um filme! — respondi, impressionada.

— Na verdade, já existe um livro chamado *Dois Caminhos*. Um amigo meu, que também é advogado, escreveu a história. No livro, ele descreve a vida dos meus dois pais, desde a infância, além desses crimes.

— Onde eu consigo um exemplar?

Então, ele tinha um guardado na pasta e me deu. Foi o primeiro presente de muitos que recebi dele. E, depois dessa noite, nunca mais nos separamos. Ao sairmos abraçados do restaurante, pude perceber o aroma de erva-doce misturar-se com o de gengibre e mel.

Casamos, tivemos dois filhos e netos. Eu voltei a reencontrar o amor. Era um amor diferente do que sentia por tio Stéfano. Mas, desde o primeiro beijo que trocamos, soube que era um amor verdadeiro.

Os anos foram passando. Ao lado do meu marido, Everton Júnior, experimentei, além do amor, a volta da felicidade. Mas, sempre nos momentos de angústia e dúvida, tio Stéfano aparecia. Em todo esse tempo, meus avós emprestados sempre me visitavam. Estavam idosos, mas sentia o quanto ficavam contentes em me ver.

Tia Clara nunca mais se casou. Aliás, jamais teve outro relacionamento. Ela amava demais o meu tio e, quando alguém tentava lhe apresentar um homem, enfurecia e dizia as mesmas coisas: "Nunca vou trair o meu único amor", e encerrava a conversa.

Com o tempo, seus cabelos branquearam e sequer quis pintá-los. Era como se a vaidade que outrora a deixava ainda mais linda tivesse desaparecido com a morte do meu tio. Recordo como se fosse hoje da nossa derradeira conversa. Ela estava internada no hospital. Como médica, surpreendi-me porque, mesmo com a doença avançada, não sentia uma mínima dor.

— Querida Theodora, eu já deixei tudo pronto!

— Tudo pronto? Do que está falando? — perguntei, sem entender nada.

— O testamento, ficou tudo para você e para as crianças. Essa é a minha vontade, mas também a do Stéfano.

— Para com isso, tia Clara, você não vai morrer — disse com esperança, mesmo sabendo do seu grave quadro clínico.

A morte da tia que tanto amei se aproximava. E, mesmo diante do fim de sua vida, foi um momento mágico. Somente tio Stéfano conseguia essas proezas. E de mãos dadas com tia Clara, em seus últimos respiros, perdi-me nos pensamentos. Fiquei imaginando como seria a minha vida caso ele não tivesse morrido.

Viajando em meus próprios pensamentos, perdi um pouco do senso da realidade, mas um cheiro forte e agradável de gengibre e mel invadiu minhas narinas. Nesse momento, tia Clara olhou-me nos olhos e disse:

— Adeus, Theodora, o meu amor está vindo me buscar!

— Eu sei que ele está aqui! — respondi. Foi a primeira vez que descumpri com minha palavra, mas tenho certeza de que tio Stéfano entendeu.

Tia Clara fechou os olhos e partiu. Essa foi a segunda vez que presenciei o amor transcender a vida. Ao despedir-se da vida, tive o privilégio de ver o mesmo sorriso que ela dava ao vê-lo chegar em casa. Relembrei da época que nós três brincávamos juntos, e corri para a companhia dos meus filhos e do meu marido.

No outro dia, a enterramos ao lado do tio Stéfano. Em silêncio, eles permanecem diante do colégio da fazenda, que hoje carrega o nome do meu tio, assim como a rua principal da cidade, onde sua memória ainda respira entre as árvores e as calçadas.

Dias depois, vieram me falar sobre o testamento. Eu não quis saber muito, mas surpreendi-me quando me falaram que mais da metade da fazenda, que um dia pertenceu ao seu Cristóvão, agora era minha.

O Everton Júnior me explicou que seu pai ganhou na justiça, a título de indenização, pela morte de tio Stéfano. Nunca liguei muito para dinheiro, e pedi que a fazenda ficasse aos cuidados dos meus avós emprestados. Depois eles poderiam deixar para as crianças, ou fizessem o que achassem certo.

Falando nas crianças, agora vou falar um pouco deles. Tivemos dois filhos gêmeos: o primeiro que saiu do meu ventre fiz questão de chamá-lo de Stéfano Neto; o outro, de Matheus Neto. Parece que foi uma burocracia para poder colocar esses nomes, mas o Everton deu um jeito.

Os dois sempre foram inseparáveis. Tinham os mesmos amigos e estudaram na mesma sala da aula até prestarem vestibular para a universidade. Por coincidência, ou talvez por um pouco de incentivo nosso, o Stéfano Neto cursou Medicina, enquanto o Matheus Neto cursou Direito.

No início, sentiram falta um do outro nas salas de aula, mas logo se adaptaram. Eram jovens brilhantes e alegres. Sempre tentei fazer as mesmas brincadeiras que tio Stéfano fazia comigo e, quando isso acontecia, um aroma de gengibre e mel invadia o ambiente.

Os dois se formaram com honras na universidade e foram estudar no exterior. Como eu senti a falta deles, mas logo eles voltaram.

Reabrimos a clínica que um dia foi do meu tio, e fiquei emocionada ao escolher a mobília. Assim como eu, Stéfano Neto não gostava de lidar com as finanças, e procuramos uma administradora para a clínica. Meses depois, ao saber que meu filho começou a namorar a administradora, organizamos uma janta em minha casa. Ao vê-la chegar, corri para o meu quarto.

— Será que ela não gosta de mim? — ela perguntou a meu filho.

— Calma, não é isso — respondeu.

Mais uma vez era como se o passado e o presente se misturassem em um único momento. Não contive a emoção ao pensar nos dias que passava na clínica com tio Stéfano, vendo tia Clara deixar tudo em perfeitas condições. Já era adulta, mas a vida não cansava de me mostrar como as coisas boas podiam se repetir.

Depois de alguns minutos, me recompus e encantei-me com a leveza da namorada do Stéfano Neto. Logo, casaram e deram-me netos lindos.

Já Matheus Neto demorou um pouco mais para se casar. Três anos depois de formado, Everton Júnior foi nomeado desembargador do Tribunal de Justiça pelo governador do estado, e Matheus Neto teve que assumir o escritório. Me impressionava como ele trabalhava, mesmo assim estava sempre feliz e, pouco depois, encontrou o amor da sua vida, casou e também nos presentou com netos lindos.

Humberto já estava velho, mas continuava a trabalhar no escritório e a cuidar de todos, fazendo-nos sorrir com suas piadas.

Os anos passaram rápido demais. Arrisco dizer que tive momentos tão felizes quanto aquele em que tio Stéfano e o Homem-Aranha me esperavam na porta do colégio. Ao relembrar o curso da minha vida, hoje agradeço ao mesmo Deus que odiei por permitir a morte de meu tio.

Graças ao incansável apoio do meu marido, continuei estudando. Nas madrugadas solitárias, lia e escrevia livros e, quando cansava, observava as estrelas na mesma luneta, agora antiga, que acreditava ser mágica na minha infância. Ao ter dúvidas em relação às minhas teses, um aroma de gengibre e mel surgia e me dava dicas que sozinha jamais conseguiria decifrar.

Em meio a tanta felicidade, dei-me conta de que estava prestes a completar 60 anos. Estávamos no ano de 2062. Tomei café com meu marido e planejamos fazer uma viagem de família para as ilhas gregas, e refazer o caminho da lua de mel do tio Stéfano e tia Clara. Dei-lhe um beijo e fui trabalhar. Era um dia feliz como outros tantos em minha vida.

Ao chegar no trabalho, fui direto ao laboratório e continuei a dedicar-me a uma nova pesquisa, quando fui surpreendida por toda a minha equipe e também um garçom que trazia uma garrafa de champanhe e diversas taças.

— O que houve? — perguntei, abismada, mediante àquela euforia.

— Meu Deus, dra. Theodora, ainda não sabe?

— Sabe o quê? — disse, achando que era mais uma dessas pegadinhas, até porque a minha equipe era muito descontraída.

— Ora o quê? A senhora acaba de ser a primeira brasileira a ganhar o Prêmio Nobel!

Nesse momento, o garçom abriu a champanhe e quebrou uma taça, cortando um dos dedos. Corri e peguei um lenço para fazer um curativo, e, enquanto todos comemoravam, perdi me em meus pensamentos: "Foi assim que meus tios se conheceram." Abismada, dei-me conta que nesse ano tio Stéfano faria um século de vida.

"Nossa Senhora Medianeira", pensei e dei-me conta que Velho Becca nunca errou em sua profecia, e de fato apenas ganhei esse estimado prêmio por causa de tio Stéfano, e agora, com a sua divulgação, tenho certeza de que as pessoas poderão ter uma vida melhor.

Em meio a tantos aplausos, falei em voz alta, mas tenho certeza de que ninguém entendeu:

— Você estava certo, meu velho amigo. Agora acho que está na hora de juntar-se à Stefania.

Do nada, uma janela se abriu e o vento minuano invadiu o laboratório, derrubando outra taça de champanhe. Mas, antes que conseguissem fechar a janela, o mesmo vento, surpreendentemente, silenciou. Tenho certeza de que era o espírito do Velho Becca, que descansou por fim.

Naquela noite tentaram marcar inúmeras entrevistas, entretanto recusei a todas. O que mais queria era comemorar junto de minha família. Sabia o quanto esses momentos eram mágicos e como eles podem desaparecer de nossas vidas com apenas um sopro.

Ao chegar em casa, Everton Júnior esperava-me com rosas vermelhas, mas sequer consegui sentir o cheiro das flores, pois toda a casa cheirava a uma mistura de erva-doce, gengibre e mel, somado ao odor de canela que meus filhos e netos sempre me transmitiram.

Feliz e encantada, fiquei observando Everton Júnior, radiante com nossos filhos e netos, que já estavam grandes. E lembrei-me do final do livro chamado *Dois Caminhos*, que retratou a triste história do avô e pai biológico do meu marido. Ele terminava justamente quando dr. Matheus Britto resgatou o Everton Júnior de um prostíbulo. Ele era tão pequeninho! Ao sair daquele local insalubre e entrar no carro daquele que seria seu verdadeiro pai, teve um primeiro exemplo de bondade ao pararem o veículo para ajudar uma senhora que caiu.

Por incrível que pareça, Everton Júnior começou a receber amor nesse dia. Por isso, o escritor terminou o livro com essas palavras: “Às vezes, a maldade é tão forte e profunda que são necessárias três gerações para eliminá-la.” Ao escrever, ele se referiu à primeira e segunda gerações como sendo o avô e pai biológico do Everton, que representa a terceira geração.

Agora, ao olhar os meus filhos e netos, que representam a quarta e quinta geração, sinto-me emocionada, pois a maldade tão profunda que outrora acometera os ancestrais do Everton Júnior foi eliminada.

E, ao observar mais uma vez a alegria da minha família e o carinho que nos une, concluí que a maldade jamais será derrotada pelas armas da vingança, mas, sim, pelo cultivo do verdadeiro amor.

Fim.

AVEC

EDITORA